AF653976

...और आगे बढ़ते रहो

[प्रेरक प्रसंग]

इस पुस्तक के सर्वाधिकार सुरक्षित हैं। समीक्षा तथा शोध-निबंधादि में आंशिक उद्धरण के अलावा, लेखक व प्रकाशक की लिखित अनुमति के बिना इसके किसी भी अंश को, फोटोकॉपी एवं रिकॉर्डिंग सहित इलेक्ट्रॉनिक अथवा मशीनी, किसी भी माध्यम से, अथवा ज्ञान के संग्रहण एवं पुनर्प्रयोग की प्रणाली द्वारा, किसी भी रूप में, पुनरुत्पादित अथवा संचारित-प्रसारित नहीं किया जा सकता।

ISO 9001:2008

किताबघर प्रकाशन

नयी दिल्ली

...और आगे बढ़ते रहो

डॉ. रश्मि

प्रकाशक
किताबघर प्रकाशन
4855-56/24, अंसारी रोड, दरियागंज, नई दिल्ली-110002
फोन : 011-23266207, 23271844
E-mail : kitabgharprakashan@gmail.com • kitabghar_prk@yahoo.com
website : www.kgpbooks.com

© डॉ. रश्मि

संस्करण : 2022

मूल्य : दो सौ रुपये

मुद्रक : कुमार ऑफसेट प्रिंटर्स
381, पटपड़गंज इंडस्ट्रियल एरिया, दिल्ली-92

...AUR AAGEY BADHATEY RAHO *(Hindi)*
by Dr. Rashmi
Price : ₹200

ISBN—978-93-83233-80-9

भारतीय संस्कृति

एवं

हिंदी भाषा से प्रेम करने वाले

प्रबुद्ध पाठकों को

सादर समर्पित

क्रम

शुभकामनाएँ

जीवन की समग्रता ज्ञान में समाहित होती है और ज्ञान संपूर्ण ब्रह्मांड के अध्ययन में। समग्र ज्ञान उसी तरह है जैसे चंद्रमा का बढ़ता-घटता आकार। किसी लेखक के लिए अपनी कृति में जीवंतता लाने के लिए चंद्रमा के सभी रूपों और ब्रह्मांड को समझने जैसा है। वह अपने निजी जीवन से लेकर समग्र समाज और वैश्विकता को गढ़ता है। उसके इस वैचारिक चिंतन से सभी लाभान्वित होते हैं। लेखिका डॉ. रश्मि भी अपनी कृतियों के माध्यम से समाज को रचनात्मकता प्रदान करती हैं। उनके लेख हिंदी के प्रतिष्ठित दैनिक समाचार-पत्र 'आज समाज' में वृहस्पतिवार 'चिरंतन' और रविवार 'शाश्वत' शीर्षक के कॉलम में छपते हैं। ये लेख किसी एक व्यक्ति और वर्ग को नहीं बल्कि समग्र समाज को दिशा देने वाले होते हैं, जिसे सभी आयुवर्ग के लोग पसंद करते हैं।

सांसारिक दृष्टि रखते हुए भी आध्यात्मिक सोच जगाना और फिर आदर्श स्थापित करना कठिन काम है। रश्मि जी के लेख इसी चेतना को जगाने का कार्य करते हैं। वे पाठकों को बताते हैं कि जीवन कैसा होना चाहिए। जीवन से जुड़ी समस्याएँ कौन-कौन सी हैं और उनका समाधान क्या हो सकता है। इनके लेखों की भाषा सीधी, सरल होती है जो पाठकों के हृदय में अपना स्थान बनाती है। लेकिन अपनी बात को समझाने के लिए छोटी-छोटी कहानियों और महान् व्यक्तियों के जीवन से जुड़े वृत्तांतों को उदाहरण के रूप में भी प्रस्तुत करके जीवंतता प्रदान करती हैं। इससे पाठक इन कृतियों के माध्यम से उनसे सीधा और आत्मीय जुड़ाव अनुभव करते हैं।

'आज समाज' परिवार की ओर से हम डॉ. रश्मि को शुभकामनाएँ देते हैं। हमें विश्वास है कि उनकी यह पुस्तक हर आयुवर्ग के पाठकों के हृदय में अपना स्थान बनाएगी।

शुभकामनाओं संग!

अजय शुक्ल

संपादक, आज समाज समूह

नैतिक और मानवीय मूल्यों के बीज डालतीं प्रेरक कथाएँ

प्रेरक प्रसंग पढ़ने में बहुत सरल लगते हैं, मगर कभी उन्हें लिखने की कोशिश करें, पसीना निकल आएगा। मैं 'नवभारत टाइम्स' दिल्ली के संपादकीय विभाग में था, तो स्वयं 'प्रेरक प्रसंग' वाला स्तंभ देखता था। इन प्रसंगों की अपनी दुनिया है। जब आप इस दुनिया में घुसते हैं, तो पता चलता है कि ज्यादातर प्रसंग दुहराए जाने लगते हैं। थोड़ी सी कथा बदल दी जाती है, पर उसकी प्रेरणा वही रहती है। मेरे लिए हर बार नए और मारक प्रेरक प्रसंग खोजना एक चुनौती हुआ करती थी। रश्मि के प्रेरक प्रसंगों में वह सादापन और ताजगी दिखती है।

मुझे प्रसंगों के जरिए दूसरों को प्रेरित करना भी कम चुनौती भरा काम नहीं लगता। ये छोटी-छोटी प्रेरक कथाएँ, जिन्हें रश्मि ने संकलित किया है, बहुत लोगों का जीवन बदल सकती हैं। हाँ! कई बार आप लगातार मिलने वाली हताशाओं से घबराकर जब एक उदासीन जीवन जीने लगते हो, तो एक छोटी सी प्रेरक कथा आपके जीवन में पुनः उत्साह ला सकती है। इस लिहाज से रश्मि के कार्य का बहुत अधिक महत्त्व है। बच्चों को तो ये कथाएँ पढ़ाई ही जानी चाहिए, माता-पिता को भी इन्हें याद करना चाहिए। एक समय में दादियाँ और नानियाँ ऐसी ही कथाएँ सुनाकर अपने पोते-पोतियों में नैतिक और मानवीय मूल्यों के बीज डाला करती थीं, मगर वह परंपरा अब खत्म ही हो चली है। रश्मि की यह किताब उस परंपरा को फिर से जीवित कर सकती है।

इस कार्य के लिए उन्हें बहुत बधाई।

सुंदर चन्द ठाकुर

संपादक, नवभारत टाइम्स, मुंबई

मेरी बात

जीवन वही है जो दूसरों के लिए प्रेरणास्रोत बने। अपने लिए तो सभी जीते हैं लेकिन जो दूसरों के लिए जीता है और दूसरों की ही भलाई के बारे में सोचता है, वही मनुष्य है। तभी तो मैथिलीशरण गुप्त जी ने कहा है–

विचार लो कि मर्त्य हो न मृत्यु से डरो कभी,
मरो परंतु यों मरो कि याद जो करें सभी।

यही पशु-प्रवृत्ति है कि आप आप ही चरे,
वही मनुष्य है कि जो मनुष्य के लिए मरे।

तभी समर्थ भाव है कि तारता हुआ तरे,
वही मनुष्य है कि जो मनुष्य के लिए मरे।

मित्रो! सचमुच मानव जीवन बहुत ही मूल्यवान है। हमें अपने जीवन को यूँ ही जाया नहीं जाने देना चाहिए बल्कि अपने और समाज के हित के लिए महत्त्वपूर्ण कार्य करते रहना चाहिए। इसी विचार को पल्लवित करते हुए यह पुस्तक आप सभी के समक्ष है। इस पुस्तक में मेरे इस वर्ष (2014) के वे सभी लेख समाहित हैं जो समाचार-पत्र में 'लेख' के रूप में प्रकाशित होते रहे हैं। ये सभी लेख 'नवभारत टाइम्स' के 'स्पीकिंग ट्री' में और 'आज समाज' में वृहस्पतिवार 'चिरंतन' और रविवार 'शाश्वत' कॉलम में प्रकाशित होते रहे हैं।

जीवन विविधताओं से युक्त है। यह सबसे अधिक जटिल भी है और सबसे अधिक सरल भी किंतु यदि सही प्रेरणा मिलती रहे तो सभी

जटिलताएँ सरल होती जाती हैं और जीवन आनंदमय बनता जाता है। पूरी पुस्तक में जीवन से जुड़ी छोटी-छोटी बातें रुचिकर ढंग से आपके समक्ष रखने का प्रयत्न किया है। जीवन की जटिलताओं को कहानी के माध्यम से सुलझाने का प्रयत्न किया गया है। इस पुस्तक के सभी लेख समाज के हर आयुवर्ग के लिए मार्गदर्शन का कार्य करते हैं। हर लेख जीवन जीने का सलीका सिखाता है।

मैंने अनेक लोगों की समस्याएँ सुनीं, उन समस्याओं के समाधान उन्हीं के साथ मिलकर खोजने के प्रयत्न किए। आपसी बातचीत से ये जाना कि यदि बड़ी से बड़ी सीख भी कहानी के माध्यम से दी जाए तो अपना अमिट प्रभाव छोड़ जाती है। मुझे आशा है कि इस पुस्तक के सभी पृष्ठ समाज के सभी वर्गों के लिए प्रेरणा का कार्य करेंगे। बच्चों को जीवन का महत्त्व और सफलता की कीमत सिखाएँगे तो युवाओं को कर्मठता और कार्यकुशलता का पाठ पढ़ाएँगे एवं बुजुर्गों के लिए जीवंतता से परिपूर्ण होंगे।

मैंने इन सभी लेखों को लिखते समय बच्चों, युवाओं और बुजुर्गों की मनोदशा अपने मन में रखी, हर समस्या पर गहरे उतरकर सोचा। वर्तमान दौर में बच्चों के सामने आपसी प्रतियोगिता एक बहुत बड़ी चुनौती के रूप में है। युवाओं को भी स्व-अस्तित्व के लिए अनेक बार खुद को साबित करना पड़ता है। बुजुर्गों के लिए इस आपाधापी भरे संसार में सिवाय नीरसता के और कुछ भी नहीं बचा है। रिश्तों के रंग मानो कहीं खोने लगे हैं। ऐसे में इस पुस्तक के लेख जीवन में रंग भरते नजर आते हैं।

मेरी इस पुस्तक की प्रेरणा बच्चे, युवा व बुजुर्ग सभी बने हैं। इसका हर लेख लिखते समय संवेदना का कोई न कोई तार मेरे भीतर खनकता रहा है और संगीत उत्पन्न करता रहा है। मैं अपने माता-पिता और गुरुजनों को सादर नमन करती हूँ क्योंकि उन्हीं के संस्कारों और आशीर्वाद के कारण मेरा यह जीवन और दृष्टिकोण है। मैं अपने पति और बच्चों का हृदय से आभारी हूँ क्योंकि वे पग-पग पर मेरे साथ रहते

हैं और मेरा उत्साहवर्धन करते हैं। मेरा समस्त लेखन उन्हीं के सहयोग का परिणाम है। मैं अपने मित्रों को धन्यवाद देती हूँ कि वे मेरे विचारों को परिपूर्ण किए रहते हैं और प्रोत्साहन प्रदान करते हैं। और अंत में अपने सभी युवा मित्रों (विद्यार्थियों) को धन्यवाद देती हूँ क्योंकि उनसे मुझे नवीन विचार और ऊर्जा मिलती है।

मैं 'आज समाज' और 'नवभारत टाइम्स' के सम्मानित संपादक एवं उनकी टीम का हार्दिक धन्यवाद व्यक्त करती हूँ क्योंकि मेरे सभी लेखों को इन प्रतिष्ठित समाचार-पत्रों ने अपने पन्नों में विशिष्ट स्थान प्रदान किया।

मैं अपने प्रकाशक 'किताबघर प्रकाशन' को विशेष धन्यवाद देती हूँ क्योंकि उन्होंने मेरे सभी लेखों को एक पुस्तक के रूप में सँजोकर मुझे भेंट किया।

आशा है आप सभी सुधी पाठक इन्हें पढ़कर अपना स्नेह प्रदान करेंगे।

–रश्मि

आत्मसम्मान

एक कुम्हार मिट्टी से सामान बना रहा था। पास ही अनेक घड़े, दीये, मूर्तियाँ, गुल्लकें बनी रखी थीं। सभी आपस में बातें कर रहे थे।

घड़े ने दीयों से कहा–"तुम सभी कितने सुंदर हो, भिन्न-भिन्न आकृतियों के। एक हम हैं...सब के सब मोटे-मोटे। जरा सा जो ढलक जाएँ तो तुरंत टूट जाएँ।"

पास बैठे दीये घड़े की बात सुन रहे थे। एक दीया बोला–"अरे! कहाँ घड़े काका, हमारा आकार तो देखो आपके आगे कितना छोटा है। हम तो इतने छोटे हैं कि किसी कोने या सामान के पीछे कब दब जाएँ, टूट जाएँ...पता भी न चले। हमारी बजाय तो ये मूर्तियाँ कहीं ज्यादा सुंदर हैं। काश! हम भी मूर्ति होते!"

दीये और घड़े की बातचीत सुनकर मूर्तियाँ भी कुछ उदास हो उठीं। एक मूर्ति बोली–"दीये भैया, ये आप क्या कह रहे हैं! आपको नहीं पता कि हमें इस आकार को पाने के लिए कितनी तकलीफ सहनी पड़ती है। अपने अंगों को जगह-जगह से सुडौल आकार देने की खातिर कितने कष्ट उठाने पड़ते हैं। हमें तो गुल्लक बनना पसंद था। काश! हम गुल्लक होते तो सब हमारे भीतर खूब सारे पैसे रखते।"

गुल्लकें जो कि काफी देर से सबकी बातें सुन रही थीं, वे भी विचलित हो उठीं। एक गुल्लक बिफर पड़ी और बोली–"आप सभी हमारा दर्द नहीं समझ पाएँगे। हमसे बड़ा दुर्भाग्यशाली और कोई नहीं होगा। लोग हमारे भीतर अपनी सबसे प्रिय वस्तु 'अपना पैसा' संचित करते हैं ताकि वह इधर-उधर न पड़ा रहे और सुरक्षित रहे किंतु इसी पैसे की खातिर वे लोग एक दिन हमें बड़ी ही निर्ममता से जमीन पर

पटककर तोड़ देते हैं। अब आप ही बताइए, क्या आपको कोई ऐसे निर्ममता से तोड़ता है? आप में से सभी स्वतः ही टूट जाएँ तो और बात है किंतु कोई निर्दयतापूर्वक तोड़ता नहीं है। इसीलिए मुझे तो अपने अलावा आप में से सभी की जिंदगी पसंद है।"

इधर कुम्हार की चक्की जल्दी-जल्दी अपना काम भी करती जा रही थी और इन सभी की तकलीफें भी सुनती जा रही थी। जब उसका काम समाप्त हो गया तो उसने सभी के साथ प्रेमपूर्वक बातचीत शुरू कर दी।

उसने घड़े को समझाया—"तुम बहुत ही उपयोगी हो। क्या तुम्हें पता है कि तुम अपने शीतल जल से लोगों की प्यास बुझाते हो और कुछ लोग तो तुम्हारे भीतर अपना अनाज तक संग्रह करते हैं।"

फिर वह दीये से बोली—"तुम आकार में बेशक बहुत छोटे हो लेकिन तुम्हारे भीतर से अनंत प्रकाश फूटता है। तुम मंदिरों में जगह पाते हो...तो कभी-कभी घरों और देहरियों को जगमगाते हो।"

अब उस चक्की ने मूर्तियों की तरफ देखते हुए कहा—"तुम्हारी शोभा इसीलिए तो चौगुनी हो जाती है क्योंकि तुम इतनी तकलीफ सहती हो। और जानती हो! इसीलिए तुम संसार भर के लोगों के घरों, मंदिरों, दफ्तरों की शोभा बढ़ाती हो।"

आखिर में उसने गुल्लकों की ओर बड़े प्यार से देखते हुए कहा—"तुम सभी बहुत कीमती हो। तुम बच्चों की खुशी हो...तो गरीब का आसरा हो। तुम लोगों के बुरे वक्त में उनके काम आकर अपना जीवन सार्थक कर देती हो।"

इस प्रकार वह चक्की उन माटी की चीजों के साथ-साथ हम मनुष्यों को भी ये सीख दे गई कि हमें अपने गुणों को पहचानकर खुद का सम्मान करना चाहिए। दूसरों के साथ अपनी तुलना करके खुद को कमतर नहीं आँकना चाहिए। अपनी-अपनी जगह पर हम सभी उपयोगी हैं, हमें स्वयं अपना मोल पहचानना चाहिए।

इस प्रसंग से हमें यह सीख मिलती है कि हमें स्वयं अपना-अपना महत्त्व पहचानना चाहिए। हमारा आत्मविश्वास ही सब कुछ है।

विवेक की शक्ति

मनुष्य में विवेक का होना बेहद आवश्यक है। विवेकशील मनुष्य हर परिस्थिति में सही निर्णय लेने और हर बात को सँभालने का हुनर रखता है। विवेक वो मानसिक चैतन्यता है जो कभी भी निरुत्तर नहीं होने देती। विवेकी मनुष्य अपने समाज, राष्ट्र, यहाँ तक कि विश्व के प्रति सचेत और सचेष्ट रहता है। यह वो जन्मजात प्रवृत्ति है जिसे अनुभव द्वारा और निखारा जा सकता है, आवश्यकता है तो बस जागरूकता की।

इसी संदर्भ में एक वाकया याद आता है–

एक बार यूनान के प्रसिद्ध दार्शनिक सुकरात अपने शिष्यों के साथ चर्चा में मग्न थे। उसी समय एक ज्योतिषी घूमता हुआ वहाँ पहुँच गया। वह चेहरा देखकर व्यक्ति के चरित्र के बारे में बताता था और उसका दावा था कि उसकी बताई हर बात सोलह आने सच होती है। वह सुकरात व उनके शिष्यों के समक्ष भी यही दावा करने लगा। चूँकि सुकरात जितने अच्छे दार्शनिक थे उतने सुदर्शन नहीं थे। वे अत्यधिक कुरूप थे। उनका रंग, उनके नैन-नक्श सुंदर नहीं थे। किंतु उनके विचार और शिक्षाएँ इतनी सुंदर और प्रेरक थीं कि लोग उन्हें बेहद प्रेम करते थे। उनके लिए सुकरात का कुरूप होना कोई मायने नहीं रखता था।

वह ज्योतिषी सुकरात का चेहरा देखकर कहने लगा–"आपके नथुनों की बनावट बता रही है कि आपमें क्रोध की भावना प्रबल है।"

यह सुनकर सुकरात के शिष्य नाराज होने लगे परंतु सुकरात ने उन्हें रोक दिया और ज्योतिषी से कहा–"कृपया आप अपनी बात पूरी कीजिए। मैं अपने बारे में और जानना चाहता हूँ।"

ज्योतिषी आगे बोला–"आपके माथे और सिर की आकृति को

देखकर लगता है कि आप किंचित् लालची प्रवृत्ति के होंगे। आपकी ठोड़ी की रचना कहती है कि आप थोड़े से सनकी स्वभाव के भी हैं और आपके होंठों और दाँतों की बनावट के अनुसार मैं यह निश्चित रूप से कह सकता हूँ कि आपके मन में कदाचित् देशद्रोह करने की इच्छा भी बलवती होती होगी।"

यह सब सुनकर सुकरात के शिष्यों के क्रोध का ठिकाना न रहा। वे खुद पर नियंत्रण नहीं रख पा रहे थे। सुकरात ने स्थिति को भाँपते हुए शीघ्र ही उस ज्योतिषी को इनाम देकर भेज दिया। उसे इनाम देने पर उनके शिष्य और भी भौचक्के रह गए।

सुकरात अपने शिष्यों के मन की स्थिति को समझ रहे थे अतः उन्होंने उनकी जिज्ञासा शांत करने के लिए कहा–"सत्य को सुनने से बचना या झुठलाना ठीक नहीं। ज्योतिषी ने जो कुछ बताया वे सब दुर्गुण मुझमें हैं, मैं उन्हें स्वीकारता हूँ, पर उस ज्योतिषी से एक भूल अवश्य हुई है, वह यह कि उसने मेरे विवेक की शक्ति पर जरा भी गौर नहीं किया। मैं अपने विवेक से इन सब दुर्गुणों पर अंकुश लगाए रखता हूँ–यह बात ज्योतिषी बताना भूल गया।"

शिष्य सुकरात की विलक्षणता से और प्रभावित हो गए।

इसी प्रकार हम सब भी अपनी बुराइयों के प्रति आँख मूँदे रहते हैं और जब कोई हमें चेताए तो उसके विरोधी बन जाते हैं। हमें अपने अवगुणों को ध्यानपूर्वक सुनना चाहिए और समझना चाहिए कि ऐसा कोई दुर्गुण नहीं जो मिटाया न जा सके और ऐसा कोई सद्गुण नहीं जिसे विकसित न किया जा सके। आवश्यकता है तो बस विवेक की। जिस दिन विवेक जाग गया उस दिन मनुष्य इतना चैतन्य हो जाता है कि अपने सभी दुर्गुणों को खुद से दूर करता जाता है और ऐसे में सद्गुण स्वतः ही पल्लवित होने प्रारंभ हो जाते हैं।

इस प्रसंग से यह सीख मिलती है कि हमारे 'विवेक' की शक्ति ही सर्वोपरि होती है। अपने विवेक के द्वारा ही हम अपने को और अधिक निखार सकते हैं।

ईश्वर : सबसे बड़ा हितैषी

एक बार पिता और पुत्र कहीं चले जा रहे थे। वे चलते-चलते थक गए और एक पेड़ के नीचे बैठकर सुस्ताने लगे। पेड़ पर सुंदर और रसीले फल लगे थे। पिता अपने पुत्र से बेहद प्रेम करता था। उसे चिंता हुई कि उसका बेटा भूखा होगा इसलिए उसने दो-तीन फल तोड़े और पुत्र को दे दिए। पुत्र फल खाने लगा। एक के बाद दूसरा...फिर तीसरा...वह रुक ही नहीं रहा था। पिता ने सोचा–'हद है! क्या ये फल इतने स्वादिष्ट हैं कि एक के बाद एक खाए जा रहा है, मुझे दे ही नहीं रहा! मुझे भी खाकर देखना चाहिए।'

पिता से रहा नहीं गया और उसने जल्दी से एक आखिरी बचा फल खाने के लिए उठाया तो पुत्र वह भी लेने का प्रयास करने लगा। लेकिन पिता ने झट से वह फल अपने मुँह में डाल लिया।

...उसमें तो कोई स्वाद ही नहीं था बल्कि यह तो बिलकुल जहर के समान कड़वा-कसैला था। पिता हैरान रह गया।

उसने पुत्र से पूछा–"बेटा! तुम कुछ बोले क्यों नहीं? तुम्हें मना कर देना चाहिए था, आखिर इतने कड़वे फलों को आराम से क्यों खा रहे थे!"

पुत्र ने जवाब दिया–"आप हमेशा मेरी खुशी के बारे में ही सोचते हैं, मेरी सुख-सुविधाओं का खयाल रखते हैं। यदि कोई वस्तु कम हो तो आप खुद न लेकर मुझे दे देते हैं। आपने मुझे इतनी सारी स्वादिष्ट चीजें खाने को दीं, यदि आज आपके ही द्वारा दिए कुछ कड़वे फल मैंने खा लिए तो क्या हुआ।"

पिता की आँखों में प्रेम के आँसू आ गए और उसने अपने पुत्र को

गले से लगा लिया।

इसी तरह का संबंध हमारा ईश्वर के साथ भी है। ईश्वर हमें अनगिनत खुशियाँ देता है। इसके बावजूद हम और...और माँगते रहते हैं, कभी संतुष्ट नहीं होते। हम हमेशा लेते रहते हैं और मुस्कराते रहते हैं किंतु वह न दे तो शिकायतें करने लगते हैं। हमें उसकी मंशा को समझना चाहिए, वह जो भी करता है हमारे भले के लिए ही करता है। हमें हमेशा ईश्वर की दी हर चीज का सम्मान करना चाहिए। वह हमारा परमपिता है, हमेशा हमारी खुशियों और भलाई के बारे में ही सोचता है, इस बात का विश्वास रखना चाहिए। यदि वह हमें दु:ख भी दे तो नाराज नहीं होना चाहिए बल्कि सोचना चाहिए कि 'इसके पीछे भी ईश्वर का कोई ख़ास उद्देश्य ही होगा। वह हमारा भला हमसे बेहतर जानता है अत: यह दु:ख भी उसी बेहतरी के लिए ही होगा। आखिरकार वही तो हमारा परमपिता है और सबसे बड़ा हितैषी भी।'

इस प्रसंग से यह सीख मिलती है कि हमें सदैव दूसरों के द्वारा अपने प्रति किए गए कार्यों की सराहना करनी चाहिए। बार-बार शिकायत करना ठीक नहीं। जीवन में जो भी होता है, हमारी बेहतरी के लिए ही होता है।

अपनी योग्यताओं को बढ़ाते रहें

संघर्ष का जीवन में महत्त्वपूर्ण स्थान है। इस संघर्ष-यात्रा में कभी हमें सफलता मिलती है तो कभी असफलता। मनुष्य को निरंतर प्रयास करते रहना चाहिए। पिछली असफलताओं से कभी भी हताश नहीं होना चाहिए। पिछली असफलताओं से सीख लेकर नए ढंग से नए प्रयास करने चाहिए। अकसर देखा गया है कि यदि एक बार कामयाब न हो सके तो आगे भी कोशिश करने से बचने लगते हैं किंतु यह ठीक नहीं है। हमें निरंतर डटे रहना चाहिए, लगातार कोशिश करनी चाहिए और इस प्रकार एक दिन मंजिल हमारे करीब होगी।

एक वाकया है-

एक बार सड़क पर कुछ हाथियों का समूह चला जा रहा था। सभी के गले में मामूली-सी रस्सी पड़ी हुई थी और महावत आराम से उनके आगे-आगे चल रहा था। उसी सड़क से गुजरते एक युवक ने हाथियों के इस काफिले को देखा। हाथियों के गले में पड़ी उन मामूली-सी रस्सियों को देखकर उससे रहा नहीं गया और वो महावत के नजदीक पहुँचा।

उसने पूछा-"हाथी इतना शक्तिशाली और विशाल आकार का जानवर है लेकिन फिर भी तुमने उनके गले में इतनी पतली-सी रस्सियाँ डाल रखी हैं! अगर ये अपनी-अपनी रस्सियाँ छुड़ाकर भागने लगें तो तुम इन पर नियंत्रण कैसे करोगे!"

युवक का प्रश्न सुनकर महावत मुस्करा दिया और बोला-"ये कभी भी नहीं भागेंगे क्योंकि इनके लिए ये अहसास ही काफी है कि 'हमारे गले में बंधन है' फिर चाहे वो मामूली-सी रस्सी का ही क्यों न हो।"

युवक इस उत्तर को सुनकर और भी हैरत में पड़ गया। उसने

पूछा–"लेकिन भइया! ऐसा क्यों?"

महावत ने समझाया–"हम इन हाथियों के बचपने में ही इनके गले में ये रस्सियाँ डाल देते हैं। उस उम्र में वे इन रस्सियों को तोड़ने की बहुत कोशिश करते हैं लेकिन इतने अशक्त होते हैं कि इन्हें तोड़कर नहीं भाग पाते। धीरे-धीरे यही बात इनके मन में घर कर जाती है। वे समय के साथ-साथ बड़े तो हो जाते हैं लेकिन फिर कभी भी अपने गले में पड़ी किसी भी रस्सी को तोड़ने का प्रयास नहीं करते। उनके मन में ये विश्वास घर कर चुका होता है कि वे इस रस्सी को नहीं तोड़ पाएँगे।"

अकसर कुछ इसी तरह के हालात हम सभी के साथ भी होते हैं। हम अपनी पहली असफलता के बोझ तले ऐसे दब चुके होते हैं कि फिर कभी भी कोई प्रयास करने से कतराने लगते हैं। हमें लगने लगता है कि हम सफल नहीं हो सकते। मित्रो! हमें समझना होगा कि ये असफलता भी हमारी गर्दनों में पड़ी हुई रस्सियों के समान है। हम जिस दिन अपनी असली ताकत को पहचान लेंगे और नए उत्साह के साथ प्रयास करेंगे तो यकीनन सफल होंगे। हमें अपने पूर्वग्रहों से बाहर निकलना चाहिए। अपने सामर्थ्य का आकलन समय-समय पर करते रहना चाहिए। यदि हम एक ही पड़ाव पर थम गए तो भविष्य में कहीं भी नहीं पहुँच पाएँगे। इसीलिए मनुष्य को सदैव अपनी योग्यताओं को जाँचते और बढ़ाते रहना चाहिए। जीवन असफलता और निराशा का नहीं बल्कि संघर्ष और सफलता का नाम है।

इस प्रसंग से यह सीख मिलती है कि हमें अपने जीवन में कभी भी रुकना या थमना नहीं चाहिए। जीवन में सफलता और असफलता तो मिलती ही रहती है।

जीवन का लक्ष्य क्या है?

जीवन का लक्ष्य क्या है? यह एक ऐसा प्रश्न है जिसे हर व्यक्ति अपने अंतर्मन में कभी न कभी अवश्य मथता है। व्यक्ति जीवन भर संघर्ष करता है। नई-नई उपलब्धियों को हासिल करता रहता है किंतु फिर भी कभी भी संतुष्ट नहीं हो पाता। दरअसल हमारी 'सोच' में ही त्रुटि है। जीवन का कभी कोई लक्ष्य होता ही नहीं बल्कि जीवन तो स्वयं ही एक लक्ष्य है। जिन वस्तुओं, सफलताओं आदि को पाने के प्रयास में इंसान प्रयासरत रहता है और उसी को अपने जीवन का लक्ष्य समझ बैठता है दरअसल वे लक्ष्य नहीं हैं, वे तो पड़ाव मात्र हैं। विचार करने वाली बात ये है कि यदि ये ही जीवन के लक्ष्य होते तो प्रसन्नता देते, संतुष्टि देते किंतु ऐसा नहीं होता। एक को पाने के बाद दूसरी ख्वाहिश जन्म ले लेती है। इसका एकमात्र कारण यही है कि ये सब वस्तुएँ जिन्हें हम हासिल करना चाहते हैं वे पड़ाव मात्र हैं, जैसे ही एक पड़ाव पर पहुँचे, दूसरे तक जाने की तैयारी शुरू हो जाती है। बचपन से ही बच्चे को उसके जीवन-लक्ष्य बता दिए जाते हैं। अभिभावक तय कर देते हैं कि बड़े होकर तुम्हें 'ये हासिल करना है' या 'ये पड़ाव पाना है'। बच्चा इसी को अपने जीवन का ध्येय बना बैठता है। यही सोच कि 'तुम्हें ये प्राप्त करना है' व्यक्तित्व का अटूट हिस्सा बन जाती है। फिर उम्र बढ़ने के साथ-साथ वह इस तरह की सोच का इतना अभ्यस्त हो जाता है और खुद को इसी तरह की चुनौतियाँ देता रहता है।

विद्यार्थी जीवन में उसके सामने शिक्षा और अंक-प्राप्ति का लक्ष्य रख दिया जाता है। किशोर होता है तब उच्च शिक्षा और रोजगार-प्राप्ति का लक्ष्य मिल जाता है। युवा होते-होते विवाह...परिवार...और इसी

किस्म के न जाने कितने ही लक्ष्य। जीवनपर्यंत वह अनेकानेक प्राप्तियों में ही लगा रहता है किंतु फिर भी संतुष्ट नहीं हो पाता...निरंतर चाह बनी ही रहती है। इसीलिए जीवन का लक्ष्य तय किया ही नहीं जा सकता। यदि ऐसा संभव होता तो वहीं मृत्यु निश्चित है क्योंकि लक्ष्य पा लेने के बाद फिर कुछ और पाना शेष ही कहाँ रह जाता है। जब कि हम अपने जीवन में लगातार अनुभव करते हैं कि एक के बाद एक लालसाएँ जागती ही जाती हैं। आज किसी चीज की ख्वाहिश उठती है...हम उसे पाने के लिए जी-तोड़ प्रयास करते हैं, उसी को लक्ष्य मान बैठते हैं...कल वो वस्तु मिल भी जाती है। बहुत खुशी होती है, लगता है मानो सारी मेहनत सफल हो गई...किंतु परसों फिर एक नई ख्वाहिश सिर उठाने लगती है...फिर उसे पाने की जद्दोजहद शुरू हो जाती है।

अतः सच तो यह है कि जीवन का कोई लक्ष्य नहीं है, बल्कि जीवन खुद ही एक लक्ष्य है। हमें जीवन के इस अकाट्य सत्य का भान नहीं है इसीलिए हम उसका लक्ष्य खोजते फिरते हैं। जीवन शाश्वत है, सरल है। इसे प्रेमपूर्वक जीना चाहिए। जीवन को एक उत्सव की तरह जीना चाहिए। यह एक प्रवाह की तरह है जो निरंतर गतिमान रहता है। जिस दिन मृत्यु समीप आ जाए समझो उत्सव पूर्ण हुआ।

इस प्रसंग से यह सीख मिलती है कि जीवन को तमाम लक्ष्यों, बंधनों, पड़ावों आदि में जकड़ने की बजाय जी भर के जीना चाहिए। जीवन में प्रेम व संतुष्टि का निरंतर प्रवाह बना रहना चाहिए। जीवन का लक्ष्य 'आनंद' है।

मनुष्य-जीवन : एक यात्रा के समान

मनुष्य-जीवन एक यात्रा के समान है। हम सब यहाँ अपने-अपने हिस्से का सफर तय करते हैं। हर व्यक्ति के जीवन का खास मकसद है। हमें हमेशा याद रखना चाहिए कि हम इस धरती पर किसी खास कार्य को करने के लिए ही आए हैं। यही कारण है कि हमारे जीवन का सफर निरंतर चलता रहता है। यदि हम रुक भी जाएँ, तो भी जीवन कभी नहीं रुकता, कभी नहीं थमता। जो लोग निरंतर अपने कर्तव्य-पथ पर चलते रहते हैं और अपनी मंजिल पर निगाह गड़ाए रहते हैं, वे ही इतिहास रच पाते हैं जब कि वे लोग जो हमेशा हताश और निराश रहते हैं और अपने जीवन को बे-मकसद आगे की ओर धकेले चले जाते हैं, वे किसी भी मंजिल पर नहीं पहुँच पाते और एक दिन बिना कोई योगदान दिए इस संसार से भी विदा हो जाते हैं।

जीवन-यात्रा कभी भी निरर्थक नहीं होनी चाहिए, उसका कोई न कोई प्रयोजन जरूर होना चाहिए। ये नहीं कि कटी पतंग के समान किसी भी ओर उड़ चले। जिस प्रकार धरती की ओर गिरती हुई कटी पतंग का कोई निश्चित ठिकाना नहीं होता उसी प्रकार बे-मकसद और अनजाना सफर तय करने वाला इंसान किसी मंजिल तक नहीं पहुँच पाता। अकसर यह भी होता है कि कुछ लोगों को अपनी मंजिल तो पता होती है लेकिन सफर का सही-सही ज्ञान नहीं होता। वे तय ही नहीं कर पाते कि किस राह का चुनाव करना है।

एक बार एक लड़का अपनी राह चला जा रहा था। उसे अपनी मंजिल पता थी। ...लेकिन अचानक वह एक ऐसे चौराहे पर पहुँच गया जहाँ से आगे किस दिशा की ओर बढ़ा जाए यह तय करना उसके लिए

मुश्किल हो रहा था। वह नहीं समझ पा रहा था कि उसे किस ओर जाकर अपनी मंजिल मिलेगी। सफर लंबा भी था अतः सोच-समझकर ही कोई निर्णय लेना था। उसने चौराहे पर लगे दिशा-सूचक संकेत को खोजा लेकिन वह भी उखड़ा पड़ा था। लड़का अब तक काफी भ्रमित हो चुका था।

लगभग ऐसी ही स्थिति आजकल के युवाओं की भी हो रही है। वे चुस्त हैं, बुद्धिमान हैं, सक्षम हैं किंतु कभी-कभी जीवन-राह में आने वाले चौराहों पर भ्रमित हो जाते हैं कि आगे कौन सी राह पकड़ी जाए! इसका एक बेहद आसान उपाय है—वह लड़का उस चौराहे तक किसी एक राह से तो चलकर आया ही है न! ऐसे में यदि वह उस दिशा-सूचक की एक दिशा-संकेत को भी सही दिशा की ओर लगा दे (जिस दिशा से चलकर वो आया है) तो बाकी की तीन दिशाएँ स्वतः ही स्पष्ट हो जाएँगी और वह निर्णय भी कर पाएगा कि उसे किस ओर जाना है। वह अपनी मंजिल तक बिना भटके और बिना अतिरिक्त समय गँवाए पहुँच सकेगा।

इसी प्रकार हर व्यक्ति किसी न किसी राह पर चल ही रहा होता है। व्यक्ति अपने विगत जीवन में जिस राह से चलकर आ रहा होता है, वही राह उसके आगे के रास्ते को भी तय करती है। इसीलिए भविष्य की कामयाबी के लिए बचपन से ही सही राह पर ही सफर प्रारंभ करना चाहिए। रास्ते में आने वाला एक छोटा सा बैरियर या छोटा सा भटकाव भी असफलता का कारण बन सकता है।

इस प्रसंग से यह सीख मिलती है कि जीवन में सफलता पाने के लिए सही राह का चुनाव बेहद आवश्यक है। इसीलिए बाल्यावस्था से ही सही राह का चुनाव कर लेना चाहिए।

इंसानियत सबसे बड़ा धर्म है

इंसानियत ही सबसे बड़ा धर्म है। अपने कर्तव्यों को पूरा करने वाला और सभी के साथ प्रेम का बर्ताव करने वाला ही सच्चा भक्त होता है और ऐसे इंसान से ईश्वर भी प्रेम करते हैं। हमें धर्मभीरु नहीं बल्कि जिम्मेदार नागरिक बनकर मानवता की सेवा करनी चाहिए। इस बात का अनोखा पाठ मुझे अपने छोटे भाई से सीखने को मिला।

वाकया कुछ यूँ है–

मेरा भाई डॉक्टर है और वह मंदिर जाना, पूजा–पाठ करना, व्रत–उपवास वगैरह पर कम विश्वास करता है। किंतु वह अपने मरीजों को बहुत स्नेह से देखता है, यहाँ तक कि गरीब और लंबी बीमारी से लाचार मरीजों का इलाज तो मुफ्त में ही करता है। इस बात का ढिंढोरा भी वह कहीं नहीं पीटता यानी जैसा उसका दिल कहता है, वो वैसा ही करता है। लेकिन मेरी दादी अकसर उससे नाराज रहतीं। उन्हें उसका पूजा न करना, मंदिर न जाना बहुत बुरा लगता। एक बार हमारे पूरे परिवार को किसी खास वजह से शहर की बाहरी सीमा से लगे मंदिर जाना था और वो भी नंगे पाँव। हालाँकि हमारा शहर बहुत बड़ा नहीं है लेकिन फिर भी नंगे पाँव जाना सभी के लिए खास कारण था। हममें से किसी को भी मेरे भाई के आने की आशा नहीं थी और यही बात दादी को बहुत परेशान कर रही थी क्योंकि परिवार के प्रत्येक सदस्य का जाना अनिवार्य था। मेरे भाई का क्लीनिक रास्ते में ही पड़ता है। हम सभी घर से चल दिए और भाई के क्लीनिक के बाहर से भी गुजर गए लेकिन थोड़ी ही देर बाद देखा तो हमारा भाई लंबे–लंबे कदम बढ़ाता हुआ नंगे पाँव

हमारी ही ओर चला आ रहा था। अब तो दादी की खुशी का ठिकाना ही न था। हम सभी प्रसन्न भाव से मंदिर पहुँचे और कृष्ण भगवान् के दर्शन कर ही रहे थे कि पुजारी जी जल्दी-जल्दी सबको आगे बढ़ने के लिए कहने लगे। यह हमारे शहर का सबसे विशाल और प्राचीन मंदिर था, यहाँ साल भर अच्छी-खासी भीड़ लगी रहती। सभी ने भगवान् के दर्शन किए और पीछे होकर, आँखें मूँदकर कुछ देर खड़े रहे फिर दंडवत् प्रणाम किया और बाहर आ गए। भाई भी हम सभी की देखा-देखी सारे काम करता रहा।

इतनी दूर से पैदल और नंगे पाँव चलकर आने के कारण हम सभी का थकान और भूख से बुरा हाल हो रहा था इसलिए हम सामने के साफ-सुथरे शाकाहारी भोजनालय में जाकर डट गए। आज दादी भी भाई के साथ होने से बहुत खुश थीं। हम सभी लोग चार मेजों को जोड़कर एक साथ बैठे हुए थे। तभी अचानक मेरे भाई ने दादी से बहुत ही साधारण-सा प्रश्न किया–"दादी, हम सभी इतनी दूर से पैदल चलकर आए, और नंगे पैर भी आए, तब भी भगवान् के दर्शन दो मिनट से ज्यादा नहीं कर पाए। दूसरी बात, जब भगवान् के ही दर्शन को आए थे तो हम सबने उनके सामने आँखें क्यों मूँद लीं? जी भरकर दर्शन करने चाहिए थे न?"

भाई की बात सुनकर सभी अचरज में पड़ गए। किसी के पास कोई उत्तर नहीं था। तब मेरा भाई दादी को प्यार से समझाते हुए बोला–"दादी! इसका मतलब यही है कि वो ईश्वर हमारे भीतर ही है। हम चाहे जितनी भी दूर-दूर जाकर उसे खोजें लेकिन आखिर में हम भी उसे अपने भीतर ही देखते हैं, तभी तो उसके सामने जाकर भी आँखें मूँद लेते हैं। दादी! मैं अपने काम में, अपने मरीजों में, अपनी जिम्मेदारियों में ही अपने ईश्वर के दर्शन और प्रेम का सुख पा लेता हूँ और इसी को अपनी पूजा मानता हूँ।"

आज दादी के साथ-साथ हम सभी घर के उस छोटे सदस्य की

ओर प्रेम और श्रद्धा से देख रहे थे जो हमें मानवता का पाठ पढ़ा रहा था। भक्ति का असली रहस्य तो उसी के पास था। सबसे बड़ा धर्म वही जानता था—इंसानियत का धर्म।

> इस प्रसंग से यह सीख मिलती है कि इंसानियत ही सबसे बड़ा धर्म है। मानव-मात्र की सेवा ही सच्ची ईश्वर सेवा है। दिन-रात की आराधना से कहीं बेहतर है अपने काम के प्रति ईमानदार रहना। इसी प्रकार दूर-दूर जाकर ईश्वर को खोजने से बेहतर है उसे खुद के भीतर ही बसा लेना।

हम भी बन सकते हैं सिकंदर

कहा जाता है कि सिकंदर ने बहुत सुंदर बगीचा बनवाया था। उसमें अनेकानेक प्राचीन और अपने समय के वर्तमान पराक्रमी लोगों की मूर्तियाँ भी बनवाई थीं। उसका यह बगीचा दूर-दूर तक मशहूर था। एक बार सिकंदर की राजधानी देखने के लिए एक संभ्रांत विदेशी आया। चूँकि वह विदेशी सिकंदर का अतिथि था अतः उसे शाही अतिथि-गृह में ठहराया गया। बाद में सिकंदर उसे खुद शाही बगीचा दिखाने के लिए ले गया। वह मेहमान सभी मूर्तियों के बारे में बड़ी रुचि से पूछ रहा था और सिकंदर भी सभी जानकारियाँ विस्तार से दे रहा था।

सारी मूर्तियाँ देखने के बाद मेहमान ने पूछा—"आपकी मूर्ति कहाँ है?"

सिकंदर ने कहा—"मेरी मूर्ति नहीं है।"

मेहमान ने आश्चर्य से पूछा—"क्यों?"

सिकंदर ने जवाब दिया—"मेरी मूर्ति यहाँ रखी जाए और आने वाली पीढ़ी यह प्रश्न करे कि यह मूर्ति किसकी है, यह मुझे पसंद नहीं। इसकी बजाय मैं यह पसंद करूँगा कि मैं अपने इसी जीवन में इतने महान्-महान् काम कर जाऊँ कि लोग मुझे मेरे नाम और काम दोनों से याद करें और पूछें कि सिकंदर की मूर्ति कहाँ है?"

इस अनोखी घटना से हम कई शिक्षाएँ ले सकते हैं। आज के समय में कौन सिकंदर नहीं बनना चाहता, लेकिन सिकंदर बनने के लिए हमें महान् काम करने होंगे। 'यश, धन और सफलता' हर किसी की चाहत होती है किंतु ये तीनों हासिल करना इतना आसान नहीं है। हम अपने जीवन में इतने अच्छे और महत्त्वपूर्ण काम कर जाएँ कि आने वाली

जनरेशन हमें हमारे कामों से याद रखे, इससे बड़ी कोई और बात हो ही नहीं सकती। अपने महान् कार्यों से हासिल किया हुआ 'यश' चिरस्थायी होता है और दूसरों के लिए प्रेरणादायी भी।

'धन' हर मनुष्य की कामना होती है। सुविधायुक्त और आसान जीवन जीने के लिए 'धन' आवश्यक भी है। धन के अभाव में उपलब्धियाँ नहीं हासिल की जा सकतीं क्योंकि सुविधाओं की कमी होने पर सारा जीवन इन्हें ही जुटाने में निकल जाता है और फिर सुविधाएँ जुटाते-जुटाते धीरे-धीरे मनुष्य सुविधाभोगी बनता चला जाता है। ...और सारा जीवन यूँ ही नष्ट हो जाता है। उसे अपना उद्देश्य ध्यान ही नहीं रह पाता। 'धन-प्राप्ति' हमारा लक्ष्य नहीं होना चाहिए बल्कि धन तो लक्ष्य-प्राप्ति में सहायक मात्र होना चाहिए। जो लोग अपने लक्ष्य की ओर निरंतर आँख गड़ाए रहते हैं और कभी भी अपने रास्ते से भटकते नहीं, 'सफलता' उन्हीं के कदम चूमती है। 'सफलता' प्रसिद्धि पाने या धनार्जन से नहीं मिलती बल्कि सफलता मिलती है अपने अच्छे कार्यों से। यदि हम अपने कार्यों के द्वारा अपने समाज में सुधार लाएँ या हमारे काम दूसरों के लिए संदेश और प्रेरणा बन जाएँ, तभी हमारा जीवन सफल है।

सिकंदर बार-बार पैदा नहीं होते लेकिन हम सबके भीतर सिकंदर पैदा हो सकते हैं। यदि हम सभी अपने-अपने जीवन में महान् और बड़े-बड़े काम कर जाएँ तो हमारा समाज, हमारा देश और आने वाली जनरेशन हम पर गर्व करेगी और हम सभी अपने-अपने जीवन के सिकंदर कहलाएँगे।

इस प्रसंग से यह सीख मिलती है कि जीवन दिखावा करने से नहीं बल्कि कर्म करने से महान् बनता है। आने वाली नस्ल हमें हमारे कर्मों के लिए याद करती है और सम्मान देती है अतः इस प्रकार के बेहतरीन कर्म करने चाहिए जो देश और समाज के हित में हों।

जीवन का सौंदर्य

मनुष्य-जीवन बहुत दुर्लभ है, ऐसा हम हमेशा ही अपने बुजुर्गों से सुनते आए हैं। हमने स्वयं के अनुभव से भी जाना है कि जीवन जीना और समाज के हित में काम करते हुए दुनिया में मिसाल कायम करना आसान नहीं है। मनुष्य-जीवन की सार्थकता तभी है जब हम अपने समाज, राष्ट्र और मानवता के लिए कुछ बहुमूल्य काम कर जाएँ। हर मनुष्य बेहतरीन जीवन चाहता है। विद्यार्थी-जीवन हो या युवावस्था या फिर वृद्धावस्था ही क्यों न हो 'जीवन का सौंदर्य' ही प्राथमिक है।

एक बार की बात है एक विद्यार्थी ने अपने अध्यापक से पूछा-"सर, मैं अपने जीवन में बहुत उपलब्धियाँ हासिल करना चाहता हूँ। मैं खूब बड़े-बड़े काम कर जाना चाहता हूँ ताकि लोग मुझे और मेरे कामों को हमेशा याद रखें। मैं इस दुनिया को सभी के लिए बेहद खूबसूरत बना देना चाहता हूँ ताकि सभी प्रेम और शांति से रह सकें।"

अध्यापक अपने होनहार विद्यार्थी की बात बड़े ध्यान से सुन रहे थे। उन्होंने कहा-"बेटा, पहले अपने जीवन को खूबसूरत बनाओ। अगर हम सबका जीवन खूबसूरत बन जाएगा तो यह दुनिया खुद-ब-खुद खूबसूरत लगने लगेगी।"

बच्चे ने उत्साह से पूछा-"अपने जीवन को खूबसूरत कैसे बनाया जाए? आप मुझे बताइए, मैं ऐसा जरूर करूँगा।"

अध्यापक ने तीन चीजें उस विद्यार्थी को दीं-थोड़ी सी रुई, एक मोमबत्ती और एक सूई। ...और कहा-"अब तुम जाओ।"

वह बच्चा उन तीनों चीजों को लेकर वहाँ से चल पड़ा, पर उसकी समझ में नहीं आ रहा था कि अध्यापक ने ये चीजें उसे क्यों दीं! वह

वापस उनके पास आया और बड़ी ही विनम्रता से बोला—"सर! यह जो कुछ आपने मुझे दिया, यह मेरी समझ में नहीं आ रहा है!"

अध्यापक ने समझाया—"यह जो रुई मैंने तुम्हें दी है, इसकी खासियत यह है कि यह धागा बनकर हर एक की लाज ढकती है। ईश्वर को भी वही इंसान प्यारा है जो दूसरों की लाज ढकता है और दूसरों को संरक्षण देता है।"

"और यह मोमबत्ती?"

"मोम बनकर जलती जरूर है, लेकिन प्रकाश बनकर अँधेरा दूर करती है, भटकों को रास्ता दिखाती है। तुम भी इसी तरह के बन जाओ। सदैव दूसरों के लिए प्रकाश बनकर रहना। तुम्हें तीसरी चीज जो मैंने दी है, वह है—सूई। सूई के बिना संसार का काम नहीं चलता। यह टुकड़ों को, फटे हुओं को, कटे हुओं को जोड़ने का काम करती है। सूई के बिना कुछ भी नहीं जुड़ा करता। दुनिया में भी वही ईश्वर को प्यारा है जो फटे हुए दिलों को सिला करता है, जो टूटे हुए दिलों को जोड़ा करता है, बिखरे हुओं को जो इकट्ठा करता है।"

बच्चा अपने अध्यापक की बात को बड़े ध्यान से सुन रहा था। उसने उन तीनों चीजों को समेटा और उनको प्रणाम करके आत्मविश्वास से अपने घर की ओर चल दिया।

आज हमारे विद्यार्थियों और युवाओं में इन तीनों गुणों की बेहद आवश्यकता है। जिस दिन हर बालक ऐसा बन जाएगा संसार फिर खूबसूरत हो उठेगा। हमें एक बार फिर अपने भीतर रुई, सूई और मोम जैसे गुणों को उभारना होगा। समाज को युवाओं की भीड़ नहीं चाहिए बल्कि भीड़ को राह दिखाने वाले जागरूक युवा चाहिए।

इस प्रसंग से यह सीख मिलती है कि हमें असहाय लोगों की मदद करनी चाहिए, उन्हें संरक्षण देना चाहिए। भटके हुए लोगों को रास्ता दिखाना चाहिए और किसी का भी दिल नहीं दुखाना चाहिए बल्कि टूटे हुए दिलों को जोड़ना चाहिए।

समय का महत्त्व

ये बात तब की है जब गाँधी जी साबरमती आश्रम में रह रहे थे। एक दिन गाँव के कुछ लोग बापू के पास आए और उनसे बोले–"बापू! हम सभी गाँव वाले मिलकर एक सभा करना चाहते हैं और यह भी चाहते हैं कि आप अपने व्यस्त समय में से थोड़ा सा समय निकालकर हम सभी के बीच भी स्वाधीनता की अलख जगाने के लिए कुछ शब्द कहें।"

गाँधी जी ने सहर्ष आने की अपनी अनुमति दे दी और शाम के चार बजे का समय तय हो गया।

मुखिया बोला–"बापू, आपको कोई कष्ट न हो वहाँ तक आने में अत: मैं गाड़ी से एक व्यक्ति को भेज दूँगा, जो आपको ले आएगा।"

गाँधी जी मुस्कराते हुए बोले–"अच्छी बात है, मैं कल निश्चित समय पर इंतजार करूँगा।"

अगले दिन जब पौने चार बजे तक मुखिया का आदमी नहीं पहुँचा तो गांधी जी चिंतित हो उठे। उन्होंने सोचा अगर मैं खुद समय से नहीं पहुँचा तो लोग क्या सोचेंगे मेरे बारे में, उनके बीच गलत संदेश भी पहुँचेगा कि बापू खुद ही समय के पाबंद नहीं हैं और हमें सीख देते हैं। गाँधी जी ने तुरंत ही निर्णय लिया और निर्धारित गाँव की ओर चल दिए। कुछ समय पश्चात् मुखिया गाँधी जी को लेने आश्रम पहुँचा। गाँधी जी को न पाकर मुखिया भी सभा-स्थल पर पहुँचा तो देखकर आश्चर्यचकित रह गया कि गाँधी जी तो भाषण दे रहे हैं और गाँव वाले बड़े ध्यान से उन्हें सुन रहे हैं।

भाषण खत्म हो जाने के बाद मुखिया ने गाँधी जी से पूछा–"मैं आपको लेने आश्रम गया था लेकिन आप वहाँ नहीं मिले?"

गाँधी जी ने कहा–"जब आप पौने चार बजे तक नहीं पहुँचे तो मुझे चिंता हुई कि मेरे कारण इतने सारे लोगों का समय नष्ट हो रहा होगा इसलिए मैं खुद अपनी साइकिल से यहाँ आ गया।"

मुखिया बहुत शर्मिंदा हुआ। गाँधी जी ने उसे समझाया–"समय बहुत मूल्यवान होता है। हमें समय का सदुपयोग करना चाहिए। जिस देश के लोग समय का पालन नहीं कर सकते वो देश कभी भी तरक्की नहीं कर सकता।"

इस प्रसंग से यह सीख मिलती है कि हमारी बातों से कहीं ज्यादा हमारे कर्म लोगों को संदेश देते हैं। हमारे बड़े-बड़े जननायक अपने अद्‌भुत कर्मों द्वारा समाज के सामने अनेक मिसाल पेश करते आए हैं। ...उन्हीं में से एक है–समय का महत्त्व। संसार में समय से बलवान कोई भी नहीं अतः समय के महत्त्व को समझना चाहिए।

मनुष्य की परख उसकी भीतरी सुंदरता से ही होती है

मनुष्य का सम्मान उसकी शक्ल-सूरत, धन-दौलत या रुतबे से नहीं होता बल्कि उसके व्यक्तिगत गुण और उसकी विद्वत्ता ही उसके परिचायक हैं। संकीर्ण मानसिकता के लोग ही बाहरी सौंदर्य की ओर आकर्षित होते हैं। विद्वान् हमेशा भीतरी सुंदरता को ही परखते हैं। हमारे व्यक्तित्व के वे गुण सराहनीय हैं जिनसे समाज और देश का कल्याण हो। अच्छी शक्ल-सूरत होना हमारी निजी उपलब्धि नहीं है बल्कि आनुवंशिक कारण या प्रकृति की देन है। इसी प्रकार धनवान घर में जन्म लेने या धनी बन जाने का तब तक कोई औचित्य नहीं, जब तक वो धन मानवता के लिए उपयोग में न लाया जाए। हमारा अपना रुतबा भी व्यक्तिगत ही होता है। इसके जरिए हम समाज में दबदबा तो पैदा कर सकते हैं लेकिन कोई महत्त्वपूर्ण उपलब्धि हासिल नहीं कर सकते। इसीलिए मनुष्य-जीवन की सबसे बड़ी उपलब्धि उसके भीतरी सौंदर्य और ज्ञान का विकास है।

एक बार की बात है मिथिला नरेश जनक अपने दरबार में सुदूर से आए विद्वानों के साथ अध्यात्म-चर्चा कर रहे थे कि तभी वहाँ 'अष्टावक्र' नामक एक ब्राह्मणकुमार आ पहुँचे। अष्टावक्र का चेहरा कुरूप था और नाम के अनुरूप उनका शरीर भी विभिन्न जोड़ों से टेढ़ा था। वे बड़ी कठिनाई से यहाँ तक पहुँचे थे। चूँकि राजा जनक विदेह कहे जाते थे और उनके दरबार में संसार भर के विद्वान् बड़े सम्मान और गौरव के साथ पहुँचते थे इसलिए अनेक कष्ट सहने के बावजूद अष्टावक्र भी वहाँ आए। अष्टावक्र की टेढ़ी-मेढ़ी शारीरिक संरचना को देखकर वहाँ उपस्थित दरबारीजन हँसने लगे। उन्हें इस प्रकार हँसता देख अष्टावक्र भी जोर-जोर से हँसने लगे। राजा जनक ने स्थिति की गंभीरता

को भाँपा और अपने सिंहासन से उठे।

उन्होंने ब्राह्मणकुमार का अभिनंदन किया–"महाराज! इन सबकी ओर से मैं आपसे क्षमा माँगता हूँ किंतु मुझे आपके हँसने का कारण विदित नहीं हुआ?"

अष्टावक्र ने उनसे पूछा–"विदेहराज! क्या आप पहले इन सभाजनों के हँसने का कारण बताएँगे?"

जनक ने सिर झुका लिया तभी एक ब्राह्मण खड़ा हुआ और बोला–"हमें आपकी टेढ़ी-मेढ़ी काया देखकर हँसी आ रही है।"

अष्टावक्र ने राजा जनक की ओर देखते हुए मुस्कराकर कहा–"राजन्! मैंने तो सुना था कि आपके दरबार में विद्वज्जनों का सम्मिलन होता है इसीलिए मैं भी भगवद्चर्चा के लिए आ पहुँचा। किंतु मैं तो यहाँ चमारों का जमघट देख रहा हूँ, यही देखकर मुझे हँसी आ गई।"

राजा जनक बेहद शर्मिंदा हो उठे। किंतु तभी एक अन्य ब्राह्मण ने विरोध किया और बोला–"ब्राह्मण! आप हमें चमार कहकर हमारा अपमान कर रहे हैं।"

इस पर अष्टावक्र ने बड़े धैर्य से सबकी ओर देखा और उत्तर दिया–"ठीक ही तो कह रहा हूँ। जो लोग हड्डियों और चमड़े की परीक्षा करते हैं, उन्हें चमार न कहूँ तो भला और क्या कहूँ? मुझे लगा कि आप सभी ज्ञानी होंगे किंतु आप तो मेरी काया को देखकर हँसने लगे अतः मुझे भी आप सभी की परख की तुच्छता पर हँसी आ गई।"

इसी प्रकार हम भी अकसर किसी मनुष्य के गुणों का आकलन उसके वस्त्रों, शारीरिक बनावट या आर्थिक स्तर के अनुसार करने लगते हैं। जब कि मनुष्य के भीतरी गुण इन सबके मोहताज नहीं हैं। यदि हम अपने व्यक्तिगत गुणों को उभार देकर भीतरी सुंदरता को निखार लें तो हमारा जीवन सार्थक हो जाए क्योंकि आखिरकार परख तो भीतरी सुंदरता की ही होती है।

इस प्रसंग से यह सीख मिलती है कि शारीरिक सौंदर्य तथा आर्थिक-सामाजिक स्तर का तब तक कोई औचित्य नहीं जब तक मनुष्य के भीतर आंतरिक सौंदर्य मौजूद न हो।

सर्वोपरि शक्ति

भक्ति की शक्ति सर्वोपरि होती है। जगत् में ईश्वर को सर्वशक्तिमान माना गया है किंतु सच तो ये है कि स्वयं ईश्वर ने भी अपने भक्तों और उनके स्नेह को सर्वोपरि रखा है। इसी विषय पर श्री रामकृष्ण परमहंस जी को स्मरण किया जा सकता है। कहा जाता है कि वे माँ काली के साथ माँ-पुत्र का रिश्ता रखा करते थे, जिस प्रकार एक बेटा अपनी माँ के साथ पुत्रवत् व्यवहार करता है, वे भी बिलकुल वैसे ही किया करते थे और माँ भी स्नेह से सराबोर हो उनके सामने उपस्थित हो जाया करती थीं। श्री रामकृष्ण परमहंस का कहना था कि भक्ति की शक्ति सर्वोपरि है; भक्ति से ही सब कुछ प्राप्त किया जा सकता है। यहाँ तक कि यदि भक्त अनवरतरूपेण भक्तिमार्ग का अनुगमन करता रहे तो 'ब्रह्मज्ञान' भी प्राप्त कर सकता है। भक्त को चाहिए कि वह अपने ईश्वर को पुकारने के लिए 'भाव' का सहारा ले। भाव चाहे कोई भी हो–सखी भाव, दासी भाव, संतान भाव, पत्नी भाव या वीर भाव। श्री रामकृष्ण परमहंस ने स्वयं अपनी भक्ति को संतान भाव की श्रेणी में रखा। वे माँ काली को संतान भाव से पुकारते थे और माँ भी अपने पुत्र की करुण पुकार को सुनकर द्रवित हो उठती थीं।

स्वामी जी ने वीर भाव को कठिन बताया है। उनके अनुसार अन्य भक्ति-भाव हैं–शांत भाव, दास्य भाव, सखा भाव, वात्सल्य भाव और मधुर भाव। मधुर भाव में–शांत, दास्य, सख्य और वात्सल्य सभी समाहित हैं। ये सभी भाव अपनी सिद्धावस्था में ही अच्छे लगते हैं। 'सिद्ध-अवस्था' में 'काम' लेशमात्र भी नहीं रहता। ईश्वर के प्रति प्रेम भाव उत्पन्न हो जाता है और ईश्वर के प्रति प्रेम भाव की पराकाष्ठा में

'काम' की गंध तक नहीं आती। यहाँ तक कि इस स्तर तक पहुँच चुके भक्त में स्वयं को स्त्री या पुरुष समझने तक की भी बुद्धि नहीं बची रहती; वह इन सभी क्षुद्रताओं से ऊपर उठ चुका होता है।

कहा जाता है कि मीराबाई के स्त्री होने के कारण वृंदावन के सुप्रसिद्ध संत रूपगोस्वामी जी उनसे मिलना नहीं चाहते थे। तब मीराबाई ने दुखी होकर कहला भेजा–"वृंदावन में श्रीकृष्ण ही एकमात्र पुरुष हैं; बाकी सब वृंदावनवासी तो उस परमपुरुष की दासियाँ हैं।"

इस प्रसंग से यह सीख मिलती है कि ईश्वर के साथ अपना एक प्यार भरा रिश्ता कायम कर लेना चाहिए। हम जिस प्रेम भाव से अपने रिश्तों को स्नेह करते हैं, उसी भाव से ईश्वर को भी स्नेह करना चाहिए। यही सच्ची भक्ति है और इसकी शक्ति सर्वोपरि है।

लगातार किया जाने वाला प्रयास परिणाम अवश्य देता है

अपनी दिशा में निरंतर बढ़ते रहना चाहिए। अपने प्रयासों को कभी भी कम या निरर्थक नहीं समझना चाहिए क्योंकि लगातार किया जाने वाला प्रयास परिणाम अवश्य देता है। आवश्यकता है तो बस परिश्रम और विश्वास की।

एक किस्सा है–

एक चिड़िया थी। उसने आराम से रहने के लिए एक शानदार घोंसला बनाने का विचार किया। उसने सोचा कि वह इसमें अपने अंडों को सहेज सकेगी। फिर बाद में वह और उसके बच्चे उस घोंसले में सुख से रहेंगे। उसने इधर-उधर देखा। उसे एक पेड़ नजर आया और फिर उसने उसकी डाल पर घोंसला बनाना शुरू कर दिया।

तभी वहाँ एक गिलहरी आई और बोली–"अरे चिड़िया! ये क्या कर रही हो, यहाँ तो माली तुम्हारा घोंसला तोड़ देगा।"

चिड़िया को उसकी बात सही लगी और वह अपना घोंसला अधूरा बना छोड़ वहाँ से चली गई। अब उसने एक घर के छज्जे पर घोंसला बनाना शुरू कर दिया। कुछ देर बाद आधा घोंसला बनकर तैयार हो गया। यह देखकर वह चिड़िया काफी खुश हुई कि तभी अचानक उसकी नजर घर की दीवार पर बैठी बिल्ली पर पड़ी। बिल्ली उसे देखकर हँस रही थी।

चिड़िया गुस्से से बोली–"हँस क्यों रही हो?"

"हँसूँ नहीं तो और क्या करूँ! इस घर का मालिक एक ही बार में

तुम्हारे घोंसले को उठाकर फेंक देगा।"

यह बात भी चिड़िया के दिमाग में बैठ गई। उसने अच्छी सलाह के लिए बिल्ली को धन्यवाद दिया और आधे बने घोंसले को छोड़कर दूसरी जगह तलाश करने लगी। उसने एक बगीचे में खड़ी पत्थर की विशाल मानव मूर्ति के अंगों के बीच में सुरक्षित जगह खोजकर घोंसला बनाना शुरू कर दिया। वह कुछ देर तक घोंसला बनाती रही।

तभी एक बंदर आया और चिड़िया का मजाक उड़ाते हुए बोला–"अरे चिड़िया! तू भी कितनी बेवकूफ है।"

"क्यों?" चिड़िया ने गुस्से से पूछा।

बंदर उसे समझाने लगा–"अरे! यहाँ तो बड़ी तेज हवा चलती है। यहाँ तो तू अपने घोंसले के साथ ही उड़ जाएगी।"

चिड़िया को बंदर दादा की बात ठीक लगी और वह वहाँ भी घोंसला अधूरा बना छोड़कर सोचने लगी कि अब कहाँ अपना घोंसला बनाया जाए! समय काफी बीत चुका था और उसे भूख भी लगने लगी थी। बार-बार प्रयास करने के कारण वह काफी थक भी चुकी थी और अब उसके अंदर घोंसला बनाने की ताकत भी नहीं बची थी।

एक बूढ़ा कबूतर बहुत देर से चिड़िया को देख रहा था। उसने पास आकर परेशान चिड़िया को समझाया–"तुम बार-बार अपना काम शुरू करती हो और दूसरों के कहने पर उसे अधूरा छोड़ देती हो। जो लोग अपनी बुद्धि न लगाकर दूसरों के कहने पर अपना काम बीच में ही अधूरा छोड़ देते हैं, उनका यही हाल होता है।" ऐसा कहकर वह उड़ गया। अब तक चिड़िया को भी अपनी गलती का अहसास हो चुका था।

हमारी जिंदगी में भी कई बार ऐसा ही होता है। हम जोश में आकर कोई काम शुरू तो करते हैं, किंतु दूसरों की बातों में आकर उसे बीच में ही छोड़ भी देते हैं। शुरू-शुरू में तो हम उस काम के लिए खूब उत्साहित रहते हैं लेकिन फिर धीरे-धीरे लोगों की सलाहों की वजह से हमारा उत्साह कम होने लगता है और हम अपना काम बीच में ही छोड़ देते हैं। बाद में जब हमें पता चलता है कि हम अपनी सफलता के

कितने नजदीक थे तो फिर पछतावे के अलावा कुछ शेष नहीं बचता। इसीलिए हमें लगातार काम करते रहना चाहिए और विश्वास रखना चाहिए कि एक दिन सफलता जरूर मिलेगी।

इस प्रसंग से यह सीख मिलती है कि दुनिया में भिन्न-भिन्न प्रकार के लोग हैं। कुछ सकारात्मक सोच वाले तो कुछ नकारात्मक। हमें पूरे विश्वास और मनोयोग से अपना काम करते जाना चाहिए। सकारात्मक सोच वाले लोग हमारा उत्साह बढ़ाएँगे और नकारात्मक सोच वाले हमें हतोत्साहित करेंगे। ...किंतु जब हम अपने काम में सफल हो जाएँगे तब सभी हमारे साथ खड़े होंगे।

कोई भी चुनौती हौसले से बड़ी नहीं होती

मनुष्य का जीवन अनेक कठिनाइयों से भरा होता है। वह बचपन से प्रारंभ करके ताउम्र चुनौतियों का सामना करता रहता है। बाल्यावस्था में अपने अस्तित्व की चुनौती से जूझता है। पढ़ाई, खेलकूद, सांस्कृतिक कार्यक्रम आदि में अपने बेहतरीन प्रदर्शन द्वारा पहचान बनाने के प्रयास में लगा रहता है। किशोरावस्था के साथ-साथ जिम्मेदारी का अहसास तो बढ़ता ही है लेकिन अनेक शारीरिक व मनोवैज्ञानिक परिवर्तन भी ऊहापोह बढ़ाते हैं। मन और मस्तिष्क का निरंतर दो विपरीत दिशाओं में द्वंद्व चलता रहता है और अहंकार का बीज भी इसी उम्र में पल्लवित होना प्रारंभ होता है। जब ज्ञान अपने उदात्त रूप में रहता है तो वह किशोर बहुमुखी विकास करता है। ज्ञान बढ़ने के साथ-साथ सफलता और विनम्रता भी निरंतर बढ़ती जाती है। इसी के विपरीत कभी-कभी ऐसा भी देखा जाता है कि युवावस्था की ओर बढ़ता किशोर ज्ञान पाने के साथ-साथ अहंकारी होता चला जाता है। अहंकार के चलते वह अपने ज्ञान से समाज का कोई हित नहीं कर पाता और ऐसे में उसका ज्ञान उस ठहरे हुए पानी के समान हो जाता है जो प्रवाह की निरंतरता न होने से सड़ने लगा हो। बचपन में बच्चे के भीतर संस्कार एवं सद्गुणों के जो बीज रोप दिए जाते हैं किशोरावस्था में वे ही अंकुरित होते जाते हैं। यदि किसी देश व समाज को स्वस्थ मानसिकता वाले युवा चाहिए तो उन्हें बचपन से ही उन पर कार्य करने होंगे। माता-पिता, रिश्तेदार और समाज सभी का दायित्व उसके प्रति है। माता-पिता अपने पारिवारिक

संस्कार उसे देते हैं, रिश्तेदार अपनत्व एवं प्रेम का विकास करते हैं, समाज उसके भीतर सुरक्षा व जिम्मेदारी की भावना भरता है।

हर बच्चा अपने परिवार का प्रतिबिंब होता है। एक शिक्षिका होने के नाते मैं विद्यार्थियों के व्यवहार को देखकर पहचान सकती हूँ कि वह किस पारिवारिक वातावरण, संगति और समाज से आया होगा। जिस किशोर के भीतर उच्च मानवीय मूल्य, संस्कार तथा सुरक्षा की भावना होती है वे उम्दा प्रदर्शन करते हैं एवं जिम्मेदार युवक के रूप में देश के नागरिक बनकर उभरते हैं। ऐसे युवा समाज के लिए मिसाल होते हैं। अपनी बौद्धिक क्षमता, विनम्रता एवं नैतिक मूल्यों के बल पर देश का नाम रोशन करते हैं। संस्कारी एवं कर्मठ युवा हर परिस्थिति का सामना बड़ी होशियारी के साथ करते हैं। वे अपने परिवार, समाज और देश के प्रति अपना उत्तरदायित्व समझते हैं। वे हर चुनौती का सामना करते हैं। 'कोई भी चुनौती मेरे हौसले से बड़ी नहीं हो सकती'—इस सकारात्मक सोच के साथ हर चुनौती को स्वीकार करते हैं। यही आत्मविश्वास उसे सफल बनाता है और आत्मसम्मान का भाव जगाता है। ऐसा युवा अपने आत्मसम्मान को पोषित करता हुआ परिवार एवं समाज के दायित्वों को निभाते हुए बढ़ती उम्र में एक गुरु के समान आदरणीय होता चला जाता है। सभी उसे गुरु मानकर पूजा करते हैं। वह अपनी वृद्धावस्था में एक प्रकाशमान दीप के समान समस्त अज्ञान एवं अंधकार को नष्ट करता रहता है। वह स्वयं तो सार्थक जीवन जीता ही है साथ ही साथ दूसरों को भी बेहतरीन जीवन जीने के गुर सिखाता है।

इस प्रसंग से यह सीख मिलती है कि मनुष्य-जीवन की सार्थकता ही इसी में है कि वह हर आयु को संपूर्णता और सार्थकता से जिए। सभी चुनौतियों का सामना करते हुए समाज के लिए मिसाल बने।

माँगना नहीं देना सीखो

मनुष्य का स्वभाव भी बड़ा अजीब होता है। वह हमेशा कुछ न कुछ पाने की जद्दोजहद में लगा रहता है। समाज से, राष्ट्र से, रिश्तों से, सभी से कुछ न कुछ माँगने की ही चेष्टा में रहता है। सबसे विचित्र बात यह है कि इस माँग का कोई अंत नहीं है।

हम हमेशा असंतुष्ट से माँगते ही रहते हैं। हमें इतना अव्यवस्थित, असंतुष्ट किसने बना रखा है? हमारी माँग ने, इच्छाओं ने, जो कभी खत्म नहीं होतीं। हम अपने पूरे जीवन भर सबसे प्यार माँगते हैं और खुद किसी को न प्यार ही दे पाते हैं और न ही विश्वास। हम हमेशा धन की ख्वाहिश करते हैं लेकिन कभी भी अपनी जेब से किसी जरूरतमंद पर खर्च नहीं करना चाहते। अपने अंतिम समय तक ईश्वर से भी कुछ न कुछ फरियाद ही करते रहते हैं लेकिन उसे अपनी निश्छल भक्ति और श्रद्धा नहीं दे पाते। इसीलिए वॉटर टोंपिल कहते हैं–"मनुष्य ही एक ऐसा जीव है जो रोता हुआ पैदा होता है और निराशा में मरता है।"

हमारे बुजुर्ग एक कहानी कहते हैं–

शुरू-शुरू में ईश्वर ने सभी प्राणियों को बराबर आयु दी थी। सभी को चालीस-चालीस वर्ष आयु मिली। मनुष्य को अपनी उम्र काफी कम लगी और वह लोभ-वश और चाहने लगा। गधे को भी चालीस वर्ष आयु मिली थी लेकिन वह दूसरों का बोझ ढोते-ढोते इतना उकता चुका था कि अपनी आयु घटवाना चाहता था। ईश्वर ने दोनों के मन की बात जान ली और गधे की आयु के बीस वर्ष मनुष्य को दे दिए। इसीलिए हम चालीस वर्ष की उम्र के बाद जिम्मेदारियों के बोझ से दबे होते हैं। घर, परिवार, नौकरी, बच्चे, धन, मान-प्रतिष्ठा इन्हीं सबको जोड़ने में उलझे रहते हैं। कुछ समय के बाद कुत्ते को भी अपनी चालीस

वर्ष की उम्र लंबी और उबाऊ लगने लगी। पूरे-पूरे दिन भौंकते रहना, इसके अतिरिक्त और कोई काम नहीं। अतः वह भी अपनी फरियाद लेकर ईश्वर के पास पहुँच गया। इधर मनुष्य को अब भी अपनी आयु कम लग रही थी और उसने कुत्ते की उम्र के बीस साल भी स्वीकार कर लिए। इसीलिए साठ वर्ष के बाद मनुष्य को रिटायर समझा जाता है और वह चाहे जितनी भी नसीहत दे, कोई उसकी बात को तवज्जो नहीं देता। आश्चर्य यह कि इतने पर भी मनुष्य की इच्छा का अंत नहीं हुआ, वह अब भी अपने जीवन से असंतुष्ट ही रहा। शायद उसे खुद ही पता नहीं था कि उसे क्या चाहिए। उसे जो भी मिला, वह लेता रहा। आखिरकार उल्लू को भी अहसास हुआ कि उसकी उम्र भी कुछ ज्यादा है। वह दिन-रात औंधा पड़ा करता ही क्या है? इसीलिए उसने भी ईश्वर से अपनी आयु कम कर देने की विनती की। ईश्वर ने देखा कि मनुष्य का लोभ तो अब भी नहीं मिटा है और उसने उल्लू की आयु भी मनुष्य को ही दे दी। तभी से अस्सी वर्ष के बाद मनुष्य को न नींद आती है, न दिखाई देता है और न ही सुनाई देता है। वह रात-रात भर जागता रहता है।

इसीलिए ज्ञानी समझाते हैं कि ईश्वर से लंबी आयु मत माँगो बल्कि बड़ी आयु माँगो। कभी भी अथाह धन की लालसा मत करो बल्कि कम से कम धन के भी सही उपयोग का ज्ञान माँगो। रिश्तों से प्यार मत माँगो बल्कि उन्हें इतना स्नेह दो कि वे सदा-सदा के लिए आपके हो जाएँ। हमारा देश, हमारा समाज सब हमसे ही है और ये समृद्ध हैं तो हमारा अस्तित्व भी है इसीलिए ये मत सोचो कि देश और समाज ने हमें क्या दिया बल्कि खुद उसे देना सीखो। फिर एक दिन ऐसा होगा कि हम देते-देते भी पूरी तरह से तृप्त हो उठेंगे, प्रेम और संतुष्टि से भर उठेंगे।

इस प्रसंग से यह सीख मिलती है कि माँगना नहीं, देना सीखो। जो लोग माँगते रहते हैं वे सदैव तुच्छ रहते हैं और उनकी हथेलियाँ हर किसी के आगे पसरी ही रहती हैं जब कि जो लोग देना जानते हैं वे सदैव अपना हाथ और अस्तित्व ऊपर बनाए रहते हैं।

खुद से प्रेम करें

जीवन सुख और दु:ख का पर्याय है। फर्क सिर्फ इतना ही है कि जिस प्रकार चलते समय हमारा एक पैर आगे रहता है और दूसरा पीछे उसी प्रकार से जीवनरूपी राह में भी जब दु:खरूपी पैर आगे होता है तब सुखरूपी पैर पीछे होता है किंतु अगले ही क्षण सुखरूपी पैर आगे हो जाता है और दु:ख पीछे रह जाता है। सुख-दु:खरूपी पैर आगे-पीछे होते रहते हैं और इसी प्रकार से दोनों के साथ ही जीवन का सफर पूरा होता है। मनुष्य का स्वभाव है कि वह हमेशा सुख चाहता है और दु:ख से दूर भागता है। उसे अपनों के बीच सुख और सुरक्षा की अनुभूति होती है। यही कारण है वह हमेशा अपने लोगों के बीच ही बने रहना चाहता है। खुद के साथ अकेले रहने में बेचैनी होती है और वह उदास हो जाता है। इसका एक और कारण यह भी है कि लोगों के बीच घिरे रहने पर उसके विचार उस पर हावी नहीं हो पाते जब कि अकेले रहने पर वे ही विचार उस पर मानसिक दबाव डालने लगते हैं। जब कि सच तो यह है कि मनुष्य अपने द्वंद्वों और विचारों से कितना भी दूर भागना चाहे, भाग नहीं सकता। भाव, विचार, द्वंद्व वे मानवीय प्रवृत्तियाँ हैं जो जीवनपर्यंत उसके साथ लगी रहती हैं। इन्हीं के अनुसार स्वयं को ढालने की कोशिश करनी चाहिए। उदाहरण के लिए यदि रास्ते में काफी सारे नुकीले कंकर और पत्थर हों तो चलना रोक दिया जाए, ये तो संभव नहीं है और न ही इन कंकर-पत्थरों पर चमड़ा बिछाया जा सकता है लेकिन थोड़ी सी समझदारी दिखाई जाए तो चमड़े का एक टुकड़ा अपने पैरों के नीचे जरूर लगाया जा सकता है, जो इस पथरीले सफर को आसान कर देता है। इसी तरह मनुष्य अपने दुखों से भाग

नहीं सकता लेकिन उनका समाधान खोजते हुए जिंदगी के सफर को पूरा अवश्य कर सकता है।

मनुष्य जीवन भर यही सीखता रहता है कि दूसरों के साथ कैसे रहें, कैसा बर्ताव करें लेकिन वह यह नहीं सीख पाता कि स्वयं के साथ कैसे रहें, कैसा बर्ताव करें। वह पूरी उम्र दूसरों से मित्रता करता रहता है लेकिन खुद से मित्रता नहीं कर पाता। यदि वह खुद के साथ मित्रता और प्रेम करना सीख जाए तो जीवन सरल और सरस बना लेता है। खुद को हर हाल में स्वीकार करना और स्व से प्रेम करना आत्मसम्मान बढ़ाता है। 'हम जैसे भी हैं, खुद में बेस्ट हैं' यह आत्मसम्मान और विश्वास जगाएँ। इसके उपरांत किसी अन्य द्वारा अपनी आलोचना को स्वीकार करके निराश होने की बजाय स्वयं अपने गुण-दोषों का आकलन करें क्योंकि खुद का मूल्यांकन हमसे बेहतर और कोई नहीं कर सकता। अपने गुणों के लिए खुद को सम्मानित करें और अपने दोषों को खोजकर इन्हें एक-एक करके खुद से दूर करने का प्रयास करें। जीवनपर्यंत चलने वाले इस प्रयोग में कुछ समय बाद आप शुद्ध स्वर्ण के समान निखर उठेंगे और पूरे समाज के लिए एक मिसाल बनेंगे।

इस प्रसंग से यह सीख मिलती है कि हम सभी के जीवन में सुख-दुःख, आशा-निराशा, मान-अपमान, राग-विराग, जय-पराजय आदि सभी का आना-जाना लगा ही रहता है। हमें हर परिस्थिति में खुद को तटस्थ रखना चाहिए। नकारात्मक परिणामों में अपने आत्मविश्वास, आत्मसंयम व आत्मप्रेम को नहीं खोना चाहिए।

प्रेम के लिए प्रेम ही पर्याप्त है

प्रेम एक ऐसा शब्द है जिस पर समस्त सृष्टि टिकी है। प्रेम की कोई परिभाषा नहीं दी जा सकती क्योंकि 'प्रेम' शब्द नहीं 'रस' है। 'रूप' नहीं 'भाव' है। प्रेम तो वह सतत प्रवाह है जो कभी अवरुद्ध नहीं होता, वह प्रपात है जो अविरल गिरता रहता है। हम जिसे देखते हैं, जिस पर अपना एकाधिकार रखना चाहते हैं, जकड़ना चाहते हैं, वह प्रेम नहीं है। प्रेम तो विस्तार पाकर फैलता है। प्रेम के लिए 'बंधन' नहीं 'प्रेम' ही पर्याप्त है। संसार के सभी लोग बंधन की ओर भागे जा रहे हैं। कोई प्रेम की ओर नहीं दौड़ता। प्रेम मुक्ति है, बंधन नहीं। साधारण मनुष्य प्रेम की वास्तविकता को समझ ही नहीं पाता। वह जिसे प्यार समझ बैठता है वह सिवाय आकर्षण के और कुछ नहीं होता। वह अपनी स्थूल बुद्धि के चलते प्रेम को अपने एकाधिकार में लेना चाहता है और यही कारण है कि जो प्रेम कभी उसके लिए सुखदायी था वही बाद में दुःख का कारण बनने लगता है। जिस प्रकार हृदय का कोई आदि और अंत नहीं है, भावनाओं के लिए कोई अंकुश नहीं है उसी प्रकार प्रेम के विस्तार की कोई सीमा नहीं है। बड़े-बड़े देव भी इस प्रेम के आगे नतमस्तक हैं।

प्रेम न तो कोई धर्म देखता है, न संप्रदाय। प्रेम किसी भाषा-बोली के व्याकरण को भी नहीं जानता। प्रेम की अपनी ही भाषा है, अपना ही गणित। प्रेम कोई आकांक्षा भी नहीं रखता और न ही कोई प्रतिवाद करता है। मैं पहले ही बता चुकी हूँ कि प्रेम तो आजादी है, बंधन नहीं। प्रेम लेना नहीं देना जानता है; सिर्फ देना। जिसने भी प्रेभ के इस वास्तविक और विराट् स्वरूप को जाना, वही प्रेममय हो गया। जो प्रेम की स्थूलता तक सिमटकर रह गया वह कुछ समय बाद अपने ही प्रिय के प्रति

सशंकित हो उठा। प्रेम की स्थूलता संशय पैदा करती है और संशय हर रिश्ते में दूरी का अहं कारण है। प्रेम में संशय और एकाधिकार नहीं होना चाहिए। मनुष्य की सबसे बड़ी विडंबना ही यही है कि वह हर चीज पाना चाहता है, देना नहीं चाहता। जब कि प्रेम की सबसे पहली शर्त ही है–देना। प्रेम 'माँगना' नहीं 'देना' है। हम इसे जितना देंगे, उतना ही पाते जाएँगे...प्रेम से भर उठेंगे। लेकिन जहाँ प्रेम माँगा, वहीं संकीर्ण हो गए। यदि हम प्रेम के पीछे भागे तो ये और दौड़ाएगा लेकिन ज्यों ही थमकर बैठ गए और अपने हृदय, नयन और वाणी में इसे बसा लिया तो हम खुद 'प्रेम' बन जाएँगे। प्रेम रिश्तों के दायरे, जज्बातों के बंधन, उम्र और लिंग के भेद को नहीं मानता। प्रेम 'किसी एक' में नहीं वरन् 'हर एक' में है। प्रेम गीत है, संगीत है, तरंग है। यह कण-कण में है, हर मन में है। इसको पाने का बस एक ही तरीका है कि इसे जकड़ा न जाए बल्कि फैला दिया जाए। इसे दोनों हाथों से इतना लुटा दिया जाए कि खुद ही प्रेम से सराबोर हो जाएँ।

इस प्रसंग से यह सीख मिलती है कि प्रेम के लिए प्रेम ही पर्याप्त है। प्रेम लेना नहीं बल्कि देना जानता है। अतः हम स्वयं भी प्रेम में देना सीख जाएँ तो यह अपार रूप से मिलना प्रारंभ हो जाएगा।

संत कभी अपना स्वभाव नहीं छोड़ते

सच्चरित्र मनुष्य कभी भी अपना स्वभाव नहीं बदलते। संसार की सभी विषय-वासनाएँ और बुराइयाँ उनसे कोसों दूर रहती हैं। जिस प्रकार चंदन के वृक्ष पर कितने भी विषधारी साँप लिपटे रहें लेकिन चंदन कभी अपनी सुगंध और शीतलता नहीं छोड़ता उसी प्रकार विष-प्रवृत्ति वाला साँप लाख चंदन से लिपटा रहे तब भी वह अपने भीतर के विष को न तो समाप्त ही कर पाता है और न ही उगलना छोड़ पाता है।

एक किस्सा है-

श्री वृंदावन धाम में एक बड़े ही सिद्ध संत हुए हैं, ग्वारिया बाबा। वे हर समय श्रीराधावल्लभ के युगल रूप की वंदना में तल्लीन रहते थे। वे जगह-जगह भ्रमण करते रहते और कान्हा के भजन गाते रहते थे। उन्हें इस संसार की कोई भी लालसा अपनी ओर आकर्षित ही नहीं कर पाती थी। वे ईश्वर-भक्ति में इतने बेसुध रहते थे कि कोई उनसे कुछ भी करने को कहता तो वे कर देते थे। उन्हें किसी भी बात की सुध नहीं रहती थी। एक बार वे खुद में ही खोए हुए यमुना के किनारे वंशीवट पर बैठे हुए थे। तभी तीन चोर भी उनके नजदीक आकर बैठ गए। वे चोर अपनी अगली चोरी की योजना बना रहे थे और उन्हें संदेह हुआ कि इस बाबा ने सब सुन न लिया हो इसलिए उन्होंने ग्वारिया बाबा के पास आकर पूछा-"तुम कौन हो?" बाबा ने अपने सहज भाव से मुस्कान बिखेरते हुए कहा-"वही जो तुम हो।" चोर निश्चिंत हो गए कि ये बाबा तो हमारी ही बिरादरी का है अत: उनसे बोले-"फिर तुम भी हमारे साथ चलो।" भोले-भाले से ग्वारिया बाबा उन चोरों के साथ एक गृहस्थ के घर में प्रवेश कर गए। चोरों ने तो अपना लूट-पाट का काम शुरू कर

दिया लेकिन ग्वारिया बाबा दुविधा में थे कि वे क्या उठाएँ! उनके लिए तो ये सभी वस्तुएँ मिट्टी थीं। अँधेरे में ही इधर-उधर भटकते-भटकते बाबा को गृहस्वामी का पूजा-घर दिख गया। बाबा तो अपने राधा-किशन को देख प्रसन्न हो उठे। उन्होंने पास ही एक ढोलकी रखी देखी और उसे गले में लटकाकर जोर-जोर से गाने-बजाने लगे–"हरे कृष्ण हरे कृष्ण, कृष्ण कृष्ण हरे हरे। हरे राम हरे राम, राम राम हरे हरे।।" बस फिर क्या था, ढोलक की आवाज हुई नहीं कि घरवाले जाग गए। खतरा भाँपते ही तीनों चोर नौ दो ग्यारह हो गए लेकिन घर के सब लोगों और पड़ोसियों ने मिलकर बाबा को चोर जानकर पीटना शुरू कर दिया। हलके धुँधलके में अचानक किसी व्यक्ति को अहसास हुआ कि ये तो अपने ग्वारिया बाबा हैं। अब सभी उनके चरणों में गिरकर क्षमा माँगने लगे। बाबा से लोगों ने पूछा–"बाबा! आप इन चोरों के चक्कर में कैसे पड़ गए?" बाबा ने पूरी बात उन सबको बता दी और कहा–"जब वे अपने कर्म का निर्वाह कर रहे थे, तब मैंने अपना धर्म निभा दिया।"

ऐसे होते हैं संत। वे कुसंगति में भी अपने साधुत्व को नहीं छोड़ते। लेकिन जो दुर्जन लोग होते हैं वे संतों में भी बुराइयाँ खोजने का कार्य करते रहते हैं। हमें भी अपने भीतर पल रहे दुर्जन भाव को समाप्त करके संत भाव को पल्लवित करना चाहिए।

इस प्रसंग से यह सीख मिलती है कि हमें सज्जन लोगों के संपर्क में आकर अपने भीतर भी सद्‌गुणों का विकास करना चाहिए। हर व्यक्ति का स्वभाव गुणों और अवगुणों से मिलकर बना होता है। सज्जन प्रवृत्ति के लोग सद्‌गुणों को ग्रहण करते हैं जब कि दुर्जन प्रवृत्ति के लोग दुर्गुणों से आकर्षित रहते हैं।

परिश्रम का महत्त्व

मनुष्य के जीवन में परिश्रम का बहुत महत्त्व है। परिश्रम से कभी भी घबराना नहीं चाहिए। अपनी मेहनत से प्राप्त सफलता का आनंद ही कुछ और है। जो लोग बिना मेहनत के ही सब-कुछ प्राप्त कर लेना चाहते हैं, वे सफलता के अनोखे आनंद से वंचित रह जाते हैं। अपना खून-पसीना एक करके मिली सफलता ही बहुमूल्य होती है।

एक बार की बात है महात्मा टॉलस्टॉय बड़े ही साधारण कपड़ों में स्टेशन पर टहल रहे थे। एक संभ्रांत सी महिला ने उन्हें कुली समझ लिया और कहा–"मेरा ये पत्र सामने के होटल में ठहरे मेरे पति तक पहुँचा दो, इसके बदले में मैं तुम्हें दो रूबल दूँगी।" टॉलस्टॉय ने वह पत्र पहुँचा देने का जिम्मा लिया और उन्होंने उस महिला से दो रूबल माँगे। तभी महात्मा टॉलस्टॉय का एक मित्र वहाँ आ पहुँचा और उसने 'काउंट' कहकर उनका अभिवादन किया। यह सुनकर उस महिला को बड़ा ही आश्चर्य हुआ और उसने उस व्यक्ति से पूछा–"ये कौन हैं?" जब उस महिला को पता चला कि वह जिसे कुली समझ बैठी है वे तो महान् संत टॉलस्टॉय हैं तो वह बेहद शर्मिंदा हुई और उसने क्षमा माँगते हुए अपने रूबल उनसे वापस माँगे। इस पर टॉलस्टॉय हँसते हुए बोले–"आप क्षमा क्यों माँग रही हैं? आपने तो मुझे काम के बदले में ही ये दो रूबल दिए हैं, अत: ये तो मेरी मेहनत की कमाई हुई। ये मैं आपको वापस नहीं दे सकता।"

हम सभी की सबसे बड़ी समस्या ही अहं है। हम कुछ कामों को बड़ा और कुछ को छोटा समझकर उन्हें करने या न करने का निर्णय ले लेते हैं जब कि हम अपने सभी कार्यों को सम्मानपूर्वक और पूरी निष्ठा

के साथ करें तो वे कार्य हमें नई ऊँचाइयाँ तो देते ही हैं और साथ ही साथ सम्मान भी दिलवाते हैं। अकसर हमारे युवा कई कामों को करने में शर्मिंदगी महसूस करते हैं। आज के समाज में बढ़ती बेरोजगारी का मूल कारण भी यही मनोवृत्ति है। हमेशा से दो बातों को गाँठ बाँध लिया जाए कि कोई भी काम छोटा या बड़ा नहीं होता और हर फील्ड का एक टॉप होता है। हमारा मकसद उस टॉप को पाना होना चाहिए। बड़ी से बड़ी कंपनी में नौकरी करने के बाद भी कोई मुकाम न हासिल करने से कहीं बेहतर है कि छोटी शुरुआत करके बड़े से बड़े मुकाम को हासिल करना। छोटे-छोटे कदम बढ़ाकर भी बड़े-बड़े फासले तय किए जा सकते हैं। मनुष्य छोटी-छोटी उपलब्धियों से ही इतिहास रच देता है।

हमारी युवा पीढ़ी बहुत ही काबिल और परिश्रमी है। वह नई-नई चुनौतियों से घबराती नहीं है बल्कि डटकर सामना करती है। यही कारण है कि भारतीय युवा देश के कोने-कोने में हर बड़े से बड़े पथ पर अपनी उपलब्धियों के परचम फहरा रहे हैं। यह सब अचानक से प्राप्त नहीं किया जा सकता। इसके लिए अथक प्रयास और परिश्रम करना पड़ता है। आज जरूरत है तो बस इस बात की कि हर युवा परिश्रम के महत्त्व को समझे और छोटी से छोटी चीज का सम्मान करे। जिस दिन ऐसा हो जाएगा उस दिन समाज से बेकारी सदा-सदा के लिए दूर हो जाएगी।

इस प्रसंग से यह सीख मिलती है कि हमें अपनी मेहनत की कमाई का सदैव सम्मान करना चाहिए। काम कोई भी हो, वह छोटा या बड़ा नहीं होता; हमारा नजरिया उसे छोटा या बड़ा बना देता है।

सेवा ही सबसे बड़ा धर्म

सेवा भाव सर्वोपरि है। सेवा से बड़ा कोई धर्म नहीं है। अपनी-अपनी क्षमता के अनुसार मानव मात्र की सेवा करना हम सभी का सबसे बड़ा धर्म भी है और कर्तव्य भी। ईश्वर ने इस संसार में किसी को भी रीता नहीं छोड़ा है, सभी को कोई न कोई काबिलीयत अवश्य दी है। किसी के पास अथाह धन है तो किसी के पास बुद्धि का भंडार और चातुर्य है। किसी के पास हुनर का धन है तो किसी के पास असीम शारीरिक बल है। हमें अपनी-अपनी सुविधा और क्षमता के अनुसार समाज के लिए भलाई का काम करना चाहिए, तभी हमारे मनुष्य-जीवन की सार्थकता है।

एक किस्सा है–

किसी गाँव में एक वैद्य जी रहा करते थे। उनके पास दूर-दराज के इलाकों से रोगी आते, इसलिए उनका आश्रम हमेशा भरा रहता था। एक बार उनके पास एक ही रोग से पीड़ित दो रोगी उपचार के लिए आए। उनमें से एक धनी व्यापारी का पुत्र था और दूसरा गरीब किसान का बेटा। वैद्य जी ने दोनों रोगियों को गंभीरता से देखा फिर व्यापारी से बोले–"आपके पुत्र के उपचार में आठ-दस हजार रुपयों का खर्चा आ जाएगा।" यह सुनकर पास ही बैठा किसान घबरा गया। वह विचार करने लगा कि यदि इतना ही पैसा मेरे बेटे के इलाज में लगा तो मैं इतना अधिक धन कहाँ से जुटा पाऊँगा? किसान को परेशान देख वैद्याचार्य उसके मन की बात भाँप गए और उसके पुत्र की नाड़ी देखते हुए उससे बोले–"तुम्हें कोई शुल्क नहीं देना है। लेकिन जब तक तुम्हारा पुत्र ठीक नहीं हो जाता तब तक तुम्हें इसी आश्रम में रहकर दूसरे मरीजों की सेवा

करनी होगी, यही तुम्हारे पुत्र के उपचार का शुल्क होगा।" इससे किसान को तो राहत मिल गई, लेकिन व्यापारी सोचने लगा कि वैद्याचार्य उसे ठग रहे हैं। उसने अपने मन की आशंका खुलकर वैद्य जी के सामने रख दी तो वैद्य जी ने समझाते हुए कहा–"देखो! मेरे लिए दोनों रोगी बराबर हैं पर तुम लोगों की क्षमताएँ अलग-अलग हैं। मैंने तुम दोनों की क्षमताओं के अनुसार ही शुल्क माँगा है। इस आश्रम को धन और सेवा दोनों की आवश्यकता है। तुम्हारे पास धन है जो औषधियाँ मँगवाने के काम आ सकता है, जब कि इस गरीब किसान के पास शारीरिक क्षमता के अतिरिक्त और कुछ नहीं है। यह अपनी सेवा से आश्रम के रोगियों को लाभ पहुँचा सकता है। इसी को ध्यान में रखकर मैंने तुम दोनों के लिए अलग-अलग तरह के शुल्क तय किए।"

इसी प्रकार यदि हम अपने इर्द-गिर्द निगाह दौड़ाएँगे तो हमें अनेक विविधताएँ देखने को मिल जाएँगी। ईश्वर ने किसी को भी इस दुनिया में खाली नहीं भेजा है, कोई न कोई हुनर अवश्य दिया है। हमें अपनी क्षमताओं को स्वयं पहचानना होगा और उसी के अनुसार अपने जीवन को दिशा देनी होगी।

इस प्रसंग से यह प्रेरणा मिलती है कि हमें किसी का भी शोषण नहीं करना चाहिए और अपनी काबिलीयत के अनुसार मौकों को तलाशते रहना चाहिए क्योंकि हम सभी इस दुनिया में एक विशेष पहचान रखते हैं।

प्रेम करना सीखें

प्रेम एक विस्तृत भाव है। यह सीमित नहीं अपितु अपरिमित है। न इसे किसी दायरे में कैद किया जा सकता है और न ही बंधन से बाँधा जा सकता है। यह उड़ान है...स्वच्छंद उड़ान, बहाव है...भीतर तक। 'प्रेम' स्वयं को बंधन में डालना नहीं बल्कि स्वयं को संसार के तुच्छ बंधनों से मुक्त कर देना है। सच्चा स्नेह करने वाला व्यक्ति कुछ ही व्यक्तियों से नहीं बल्कि समस्त ब्रह्मांड से प्रेम करता है।

इस संबंध में एक किस्सा है–

आचार्य रामानुजाचार्य एक महान् संत एवं संप्रदाय-धर्म के आचार्य थे। दूर-दूर से लोग उनके दर्शन एवं मार्गदर्शन के लिए आते थे। वे सभी को सहज तथा सरल रीति से उपदेश देते थे। एक दिन एक युवक उनके पास आया और वंदना करते हुए बोला–"मुझे आपका शिष्य बनना है। कृपया आप मुझे अपना शिष्य बना लीजिए।" रामानुजाचार्य ने कहा–"तुझे शिष्य क्यों बनना है?" युवक ने कहा–"मेरा शिष्य होने का हेतु तो परमात्मा से प्रेम करना है।" तब संत रामानुजाचार्य ने कहा–"इसका अर्थ है कि तुझे परमात्मा से प्रीति करनी है। परंतु मुझे एक बात बता कि तुझे अपने घर के किस-किस व्यक्ति से प्रेम है?" युवक ने कहा–"ना, किसी से भी मुझे प्रेम नहीं।" तब फिर संतश्री ने पूछा–"तुझे तेरे माता-पिता या भाई-बहन पर भी स्नेह नहीं आता क्या?" युवक ने नकारते हुए कहा–"मुझे किसी पर भी तनिकमात्र भी स्नेह नहीं आता। पूरी दुनिया स्वार्थपरायण है, ये सब मिथ्या मायाजाल है इसीलिए तो मैं आपकी शरण में आया हूँ।" तब संत रामानुज ने कहा–"बेटा! मेरा और तेरा कोई मेल नहीं। तुझे जो चाहिए वह मैं नहीं दे सकता।"

युवक यह सुन स्तब्ध हो गया। उसने कहा–"संसार को मिथ्या मानकर मैंने किसी से प्रीति नहीं की। परमात्मा के लिए मैं इधर-उधर भटका। सब कहते थे कि परमात्मा के साथ प्रीति जोड़ना हो तो संत रामानुज के पास जा; पर आप तो इनकार कर रहे हैं।" संत रामानुज ने कहा–"यदि तुझे तेरे परिवार से प्रेम होता, जिंदगी में तूने अपने निकट के लोगों में से किसी से भी स्नेह किया होता तो मैं उसे विशाल स्वरूप दे सकता था। तेरे भीतर थोड़ा भी प्रेम भाव होता, तो मैं उसे ही विशाल बना के परमात्मा के चरणों तक पहुँचा सकता था। छोटे से बीज से ही विशाल वटवृक्ष बनता है। परंतु बीज तो होना ही चाहिए न? जो पत्थर जैसा कठोर एवं शुष्क हो उसमें से मैं प्रेम का झरना कैसे बहा सकता हूँ? यदि बीज ही नहीं तो वटवृक्ष कहाँ से बना सकता हूँ? तूने किसी से प्रेम किया ही नहीं, तो तेरे भीतर परमात्मा के प्रति प्रेम की गंगा कैसे बहा सकता हूँ?"

जिसे अपने निकट के भाई-बंधुओं से प्रेम भाव नहीं, उसे ईश्वर से प्रेम नहीं हो सकता। जो अपने परिवार से प्यार नहीं कर सकता वो समाज से भी प्यार नहीं कर सकता। जो अपने बच्चों के भीतर संस्कार नहीं जगा सकता वो राष्ट्र कल्याण कैसे कर सकता है? सबसे पहले हमें खुद में प्रेम उत्पन्न करना पड़ेगा। हमें अपने आसपास के लोगों और कर्तव्यों से मुँह नहीं मोड़ना चाहिए। यदि हमें आध्यात्मिक कल्याण चाहिए तो अपने कर्तव्यों का भी उत्तम रीति से पालन करना होगा।

इस प्रसंग से यह सीख मिलती है कि प्रेम और कर्तव्य पालन उच्चतम मानवीय गुण हैं। जो मनुष्य अपने कर्तव्यों का निर्वहन करता है और सभी से स्नेह करता है, वही ईश्वर का भी प्रिय होता है।

श्रेष्ठ कर्म

संसार में श्रेष्ठ कर्म क्या है, यह विचार गाहे-बगाहे हर एक के मन में पैदा होता है। बचपन से लेकर संसार से विदा लेने तक यही वाक्य उद्वेलित किए रहता है–'यह मत करो...वह मत करो...।' मनुष्य अपने जीवन में अनेकानेक अच्छे और बुरे कर्म करता है लेकिन फिर भी 'यह करूँ या न करूँ' के चक्रवात से बाहर नहीं निकल पाता। किंतु इतनी सारी दुविधाओं के बीच भी परोपकार सर्वश्रेष्ठ कर्म है। यह निश्चयपूर्वक कहा जा सकता है कि संकटग्रस्त व्यक्ति की सहायता करना ही श्रेष्ठ कार्य है।

एक वाकया है–

एक राजा था। वह जिस किसी भी साधु या संत से मिलता तो उनसे तीन प्रश्न अवश्य पूछता। पहला–कौन सा व्यक्ति श्रेष्ठ है? दूसरा–कौन सा समय श्रेष्ठ है? और तीसरा–कौन सा कार्य श्रेष्ठ है? सभी उसे उसके उन तीनों प्रश्नों के अलग-अलग उत्तर देते, किंतु राजा को उनके जवाब से संतुष्टि नहीं होती थी। एक दिन वह शिकार करने जंगल में गया। इस दौरान वह थक गया, उसे भूख-प्यास सताने लगी। भटकते-भटकते वह एक आश्रम में पहुँचा। उस समय आश्रम में रहने वाले संत आश्रम के फूल-पौधों को पानी से सींच रहे थे। राजा को देख उन्होंने अपना कार्य बीच में ही रोक दिया। वह राजा को आदरपूर्वक अंदर ले आए। फिर उन्होंने राजा को खाने के लिए मीठे फल दिए। तभी एक व्यक्ति अपने साथ एक घायल युवक को लेकर आश्रम में आया। उसके घावों से खून बह रहा था। संत तुरंत उसकी प्राथमिक चिकित्सा में जुट गए। संत की सेवा से युवक को बहुत राहत मिली। राजा यह सब

क्रिया-कलाप देखता रहा, फिर वह जाने को उठा और जाने से पहले उस संत से भी अपने वही तीन प्रश्न पूछे। संत ने कहा–"आपके तीनों प्रश्नों का उत्तर तो मैंने अपने व्यवहार से अभी-अभी दे चुका हूँ।" राजा कुछ समझ नहीं पाया। उसने निवेदन किया–"महाराज! मैं कुछ समझा नहीं। स्पष्ट रूप से बताने की कृपा करें।" संत ने राजा को समझाते हुए कहा–"राजन्! जिस समय आप आश्रम में आए मैं पौधों को पानी दे रहा था। वह मेरा धर्म है। लेकिन आश्रम में अतिथि के रूप में आने पर आपका आदर-सत्कार करना मेरा प्रधान कर्तव्य हो गया था। आप अतिथि के रूप में मेरे लिए 'श्रेष्ठ व्यक्ति' थे। पर इसी बीच आश्रम में घायल व्यक्ति आ गया। उस समय उस संकटग्रस्त व्यक्ति की पीड़ा का निवारण करना भी मेरा कर्तव्य था, मैंने उसकी सेवा की और उसे राहत पहुँचाई। संकटग्रस्त व्यक्ति की सहायता करना 'श्रेष्ठ कार्य' है। इसी तरह हमारे पास आने वालों के आदर-सत्कार करने का, उनकी सेवा और सहायता करने का समय ही 'श्रेष्ठ समय' होता है।" राजा संत के तीनों उत्तरों से संतुष्ट हो गया।

इसी प्रकार हमें भी अपनी प्राथमिकता को समझना चाहिए और समय की माँग को ध्यान में रखकर अपने कर्मों का निर्वहन करना चाहिए। दूसरों की मदद करना, दीन-दुखियों की सेवा करना, अपने स्वार्थ को भुलाकर परमार्थ करना आदि सभी कर्म ही श्रेष्ठ कर्म हैं।

इस प्रसंग से यह सीख मिलती है कि मनुष्य द्वारा वे सभी कर्म जो परहित में किए जाएँ, श्रेष्ठ हैं। परोपकार से बड़ा कोई कर्म नहीं।

जीवन में आगे बढ़ने के लिए संयम परम आवश्यक है

व्यक्ति किसी भी आयु-वर्ग का क्यों न हो, अगर वह अपने मन, वचन और कर्म पर संयम रख सकता है तो हर परिस्थिति का सामना कर सकता है। अकसर व्यक्ति उत्तेजना के कारण अपने व्यवहार और अपनी स्थिति को और भी बदतर बना देता है। मनुष्य के लिए संयम परम आवश्यक है। विपरीत परिस्थितियों में 'संयम' लगाम का कार्य करता है। यदि अपने व्यवहार को संयमित कर लिया जाए तो 'अहं' पर भी नियंत्रण रखा जा सकता है। एक बार की बात है मुहम्मद साहब और उनके दामाद हजरत अली साथ-साथ चले जा रहे थे। रास्ते में एक व्यक्ति मिला, उसकी हजरत अली से पुरानी दुश्मनी चल थी। उसने हजरत अली को देखते ही अपशब्द बोलना शुरू कर दिया। पहले तो हजरत अली अनसुना करने की कोशिश करता रहा किंतु शीघ्र ही उसके संयम ने जवाब दे दिया। अब हजरत अली ने भी उस व्यक्ति को अपशब्द बोलना शुरू कर दिया। उनके अपशब्द और झगड़े को सुन मुहम्मद साहब आगे बढ़ गए। हजरत अली ने जब देखा कि वे तो चले जा रहे हैं तो झगड़ा बीच में ही छोड़ उनके पास आ गया। उसने पास आकर पूछा–"आप मुझे उस दुष्ट के पास अकेला छोड़कर क्यों चले आए?" मुहम्मद साहब ने हँसते हुए कहा–"अली! जब तुम उस व्यक्ति के अपशब्दों का उत्तर नहीं दे रहे थे तब तुम्हारी सभी इंद्रियाँ तुम्हारा साथ दे रही थीं, लेकिन जैसे ही तुमने अपनी जुबान पर से अपना संयम खोया वैसे ही तुम्हारी इंद्रियों ने भी तुम्हारा साथ छोड़ दिया। जब

तुम्हारा विवेक ही तुम्हारा साथ नहीं दे रहा था तो मैं तुम्हारा साथ कैसे दे सकता था?"

आशय यह है कि यदि कोई कड़वे वचन बोले तो उसे अनसुना कर देना चाहिए। उसके वचन हमें तभी प्रभावित करेंगे जब हम खुद को प्रभावित होने देंगे। यदि हम अपना संयम कायम रखें तो अंततः वह खुद ही चुप हो जाएगा। कटु वचन बोलने वाले का मकसद ही हमें ठेस पहुँचाना और झगड़े के लिए उकसाना होता है। ऐसे में 'संयम' ही एकमात्र ऐसा उपाय है जो कवच का काम करता है। संयमी व्यक्ति में धैर्य और आत्म-नियंत्रण की ताकत होती है और इसी वजह से वह वाद-प्रतिवाद करने में रुचि नहीं लेता।

वाद-विवाद मनुष्य के जीवन का महत्त्वपूर्ण समय व्यर्थ ही बर्बाद कर देता है। अनेक लोगों को बिना किसी कारण के या बेहद ही मामूली सी वजह पर विवाद करते और झड़प करते देखा जा सकता है जब कि यदि उनसे उस झड़प का औचित्य पूछा जाए तो वह निर्मूल ही होगा। मेरा मानना है कि यदि अपनी क्षमताओं का सही मूल्यांकन किया जाए और अपनी ऊर्जा को सही दिशा में लगा दिया जाए तो हर लक्ष्य को हासिल करना आसान हो जाता है। व्यर्थ का वाद-विवाद जीवन में रुकावटें पैदा करता है। ऐसी परिस्थितियों में संयम ही एकमात्र उपाय है। संयमी व्यक्ति बड़ी से बड़ी विपरीत परिस्थितियों में भी विचलित नहीं होता। खुद पर संयम रखकर वह खुद को तो वहाँ से निकालता ही है, साथ ही साथ उस विवाद को और आगे नहीं बढ़ने देता। इससे एक महत्त्वपूर्ण काम यह भी होता है कि उस विवाद की आग को घी नहीं मिलता और वह वहीं पर ही समाप्त हो जाता है।

इस प्रसंग से यह सीख मिलती है कि संयम किसी भी स्थिति में कवच का काम करता है। जब भी कोई विपरीत हालात पैदा हों, तो मनोबल नहीं त्यागना चाहिए बल्कि संयम से काम लेना चाहिए।

ईश्वर सिर्फ प्रेम से ही मिलते हैं

ईश्वर प्रेम और श्रद्धा देखते हैं। वे धन-दौलत, चढ़ावा, कठिन व्रत-उपवास से नहीं बल्कि मन के प्रेम से ही तृप्त हो जाते हैं। वे सिर्फ और सिर्फ प्रेम ही चाहते हैं इसीलिए उनकी पूजा-आराधना बाहरी दिखावों और आडंबरों से नहीं बल्कि मन की गहराई से भक्तिपूर्वक की जानी चाहिए। वे सोने-चाँदी के नहीं, मन के भावों के भूखे हैं। जो स्वयं दाता हैं, भला हम तुच्छ जीवों का क्या सामर्थ्य कि हम उन्हें कुछ दे सकें।

कहा जाता है कि भगवान् श्रीकृष्ण की छोटी पत्नी सत्यभामा को इस बात का घमंड था कि उनके पति उन्हें बहुत प्रेम करते हैं। एक दिन सत्यभामा के मन में एक विचित्र विचार आया। उन्होंने तय किया कि वे अपने पति को अपने गहनों से तौलेंगी। श्रीकृष्ण ने जब यह बात सुनी तो बस मुस्करा भर दिए, बोले कुछ नहीं। सत्यभामा ने भगवान् को तराजू के एक पलड़े पर बैठा दिया और दूसरे पलड़े पर वह अपने गहने रखने लगीं। भला द्वारिका की पटरानी के पास गहनों की क्या कमी थी। लेकिन श्रीकृष्ण का पलड़ा तो लगातार भारी ही रहा। इधर सत्यभामा भी हार मानने को तैयार नहीं थीं। उन्होंने एक-एक कर अपने सारे गहने, यहाँ तक कि तन से उतारकर भी सारे गहने पलड़े पर रख दिए लेकिन इसके बाद भी भगवान् का पलड़ा तनिक भी ऊपर नहीं उठा। वे हारकर बैठ गईं। तभी वहाँ श्रीकृष्ण की पहली पत्नी रुक्मिणी आ गईं। सत्यभामा ने उन्हें सारी बात बताई। रुक्मिणी तुरंत पूजाघर के भीतर गईं और पूजा का सामान उठा लाईं। उन्होंने पहले द्वारिकाधीश प्रभु श्रीकृष्ण की पूजा की, आरती उतारी। इसके बाद जिस पात्र में भगवान् का चरणोदक था, उसे उठाकर उन्होंने गहनों वाले पलड़े पर

रख दिया। देखते ही देखते भगवान् का पलड़ा हलका पड़ गया। ढेर सारे गहनों से जो बात नहीं बनी, वह चरणोदक के छोटे से पात्र से बन गई। सत्यभामा यह सब आश्चर्य से देखती रहीं, उन्हें समझ में नहीं आ रहा था कि ऐसा कैसे हुआ। तभी वहाँ नारद मुनि आ पहुँचे। उन्होंने सत्यभामा को समझाया–"भगवान् की पूजा में सोने-चाँदी आदि आभूषणों का नहीं बल्कि भावना का महत्त्व होता है। रुक्मिणी की भक्ति और प्रेम की भावना भगवान् कृष्ण के चरणोदक में समा गई थी इसीलिए उसके रखते ही पलड़ा भारी हो गया और भगवान् स्वयं ही भक्ति और प्रेम से तुल गए।"

इस दुनिया में भक्ति और प्रेम से बढ़कर कोई वस्तु नहीं है। ईश्वर की पूजा भक्ति-भाव से की जाती है, सोने-चाँदी आदि से नहीं। ईश्वर सिर्फ मन की श्रद्धा और भावों को ही देखते हैं। जो लोग अहंकार और पाखंड से कोसों दूर हैं, ईश्वर उन्हीं के हो जाते हैं। जब मनुष्य के मन में सच्ची लगन और ईश्वर-प्राप्ति की चाह पैदा हो जाती है तब ईश्वर भी उसके प्रेम-पाश में बँध जाते हैं। उन्हें पाने का एकमात्र रास्ता प्रेम ही है।

इस प्रसंग से यह सीख मिलती है कि ईश्वर की आराधना के लिए मन का समर्पण ही पर्याप्त है। किसी प्रकार का दिखावा या ढकोसला ईश्वर के करीब नहीं पहुँचा सकता। उन्हें पाने का एकमात्र रास्ता है–और वो है 'प्रेम'।

बड़प्पन बड़ा बन जाने में नहीं बल्कि विनम्र बने रहने में है

दो युवक जो कि घनिष्ठ मित्र थे, बातें करते हुए अपने रास्ते चले जा रहे थे, तभी कहीं से एक पत्थर एक युवक के सिर पर आकर लगा। वह घायल हो गया। उसके मित्र ने चारों तरफ नजर दौड़ाई तो एक बच्चा डरा सहमा-सा दिखाई दिया। उसने उस बच्चे के गाल पर दो थप्पड़ जड़ दिए और पत्थर मारने का कारण पूछा। बच्चा डर से काँपते हुए बोला–"मेरी माँ बीमार है। मैंने और मेरी बहन ने सुबह से कुछ भी नहीं खाया है। मैं ये पत्थर पेड़ पर मार रहा था ताकि कुछ अमरूद गिरें तो मैं और मेरी बहन उन्हें खाकर अपनी भूख मिटा सकें। लेकिन वह गलती से आपके दोस्त को लग गया।" वह बच्चा रोते हुए माफी माँगने लगा। जिस युवक के सिर पर पत्थर लगा था उसके सिर से खून निकल रहा था लेकिन फिर भी वह नजदीक आया और अपने मित्र के गुस्से को शांत करते हुए बोला–"इस बच्चे को मत मारो, यह तो बेचारा अपनी और अपनी बहन की भूख मिटाना चाहता था। यह पेड़ पर पत्थर मार रहा था, गलती से मुझे आ लगा।" ऐसा कहते हुए उस युवक ने उस बच्चे के सिर पर हाथ फेरा और उसे पास की दुकान पर ले जाकर कुछ खाने का सामान खरीदकर दे दिया और कहा–"अपनी बहन को भी खिलाना।" यह देखकर युवक का मित्र हैरान हो गया और पूछने लगा–"जिसे सजा मिलनी चाहिए उसे तुम भोजन दे रहे हो!" तब उस मित्र ने जवाब दिया–"यदि पत्थर मारने से एक पेड़ मीठा फल दे सकता है तो मैं तो एक इंसान हूँ दोस्त! मैं इस बच्चे को भूखा कैसे देख सकता हूँ?"

बिलकुल ऐसा ही हम सबके जीवन में घटित होता है। कामयाबी पाने के साथ-साथ हमें और भी गंभीर और विनम्र बनते चले जाना चाहिए। उच्च शिक्षा प्राप्त करके अमीर आदमी बनना ही काफी नहीं है। वृक्ष जैसे-जैसे बड़ा होता जाता है, उसकी जड़ें और भी गहरे उतरती जाती हैं। वह छायादार और फलदार भी होता जाता है। भावना-शून्य वृक्ष भी खुद पर पत्थर उछाले जाने पर मीठे फल ही देता है, फिर हम मनुष्य कुछ हासिल करने के बाद संकीर्ण और स्वार्थी कैसे हो जाते हैं! हमारी भावनाएँ क्यों सुषुप्त हो जाती हैं! मनुष्य के भीतर 'मनुष्यता' का भाव पैदा होना ही सबसे बड़ा बड़प्पन है। हमें चाहिए कि हम जैसे-जैसे बड़े होते जाएँ, वैसे-वैसे हमारे विचारों में गहराई आती जाए और सोच में बड़प्पन आता जाए। वृक्ष के समान हमें भी फलदार और छायादार बनते जाना चाहिए ताकि जो भी हमारे संपर्क में आए वो हमसे कुछ हासिल करके ही जाए। हमें अपनी उपलब्धियों, अनुभव और ज्ञान से दूसरों को भी लाभ देना चाहिए। वृक्ष हमें यह सीख देता है कि जब हम ज्ञानवान, धनवान और सामर्थ्यवान हो जाएँ तो हमें अपनी उपलब्धियों को खुद तक ही सीमित नहीं कर लेना चाहिए बल्कि हमें दूसरों के भी काम आना चाहिए।

यदि वह युवक भी अपने मित्र के समान उस गरीब बच्चे को पीट देता तो उस बच्चे के भीतर विद्रोह की भावना जन्म ले सकती थी। यह भी संभावना थी कि वह बच्चा अपनी गरीबी और लाचारी से जूझते-जूझते इतने निगेटिव में चला जाता कि वह गुनाह का रास्ता पकड़ लेता और भविष्य में समाज के लिए विद्रोही या अराजक तत्त्व साबित होता। इसलिए हमारा ये दायित्व है कि हम खुद तो बड़े बनें ही साथ ही साथ अपने से छोटों को भी संबल दें ताकि स्वस्थ समाज का निर्माण हो सके जिसमें सभी के लिए जीना आसान हो।

इस प्रसंग से यह सीख मिलती है कि बड़प्पन बड़ा बन जाने में नहीं बल्कि दूसरों को थामकर उन्हें भी बड़ा बनाने में है। हम अपनी सामर्थ्य के अनुसार समाज में सभी के भले के लिए कार्य करें। जब हमारी मदद से दूसरे विकास करेंगे तभी हमारा सफल होना भी सार्थक होगा।

परिस्थितिवश अपना व्यवहार न बदलें

हमें अपने जीवन में हर काम सच्चाई के साथ करना चाहिए। काम में किया जाने वाला दुराव-छिपाव या बनावटीपन शुरू-शुरू में तो छिपा रह सकता है किंतु जब उसकी सच्चाई सबके सामने आती है तो व्यक्ति की अच्छी-भली छवि को भी धूमिल कर जाती है। ऐसी स्थिति में उस व्यक्ति को बेहद शर्मिंदगी का सामना करना पड़ता है और उसकी वर्षों से हासिल की गई सारी प्रतिष्ठा मिनटों में समाप्त हो जाती है। फिर भविष्य में कोई भी उस पर विश्वास नहीं करता।

एक वाकया है–

एक महिला थी, वह अपनी दयालुता और विनम्रता के लिए बड़ी मशहूर थी। लोग उसके सज्जन-स्वभाव के कारण उसे किसी साध्वी से कम नहीं मानते थे और उसका बड़ा सम्मान करते थे। किंतु उसकी नौकरानी यह बात हजम नहीं कर पाती थी। अतः उसने सोचा कि 'मैं अपनी मालकिन को परखूँगी। ऐसे-ऐसे हालत पैदा कर दूँगी कि उनको मुझ पर क्रोध आ ही जाएगा। मैं भी तो देखूँ कि आखिर ये कब तक अपने-आप पर नियंत्रण रख सकती हैं?' वो तो थी ही नौकरानी, सो उसके लिए कोई खास मुश्किल न थी। वह अगले दिन काम करने के लिए कुछ देरी से आई। उस दिन तो मालकिन ने कुछ भी नहीं कहा और बात आई-गई हो गई। किंतु अगले दिन वो और भी विलंब से आई। मालकिन ने तेज आवाज में कहा–"तुम आजकल रोज-रोज देर से आने लगी हो, जल्दी आया करो। तुम्हारे देर से आने से घर के सभी काम देर से शुरू होते हैं और फिर देर से ही खत्म भी होते हैं।" नौकरानी ने सुना

अनसुना कर दिया और अगले दिन भी देर से ही आई। मालकिन काफी देर तक भुनभुनाती रही और उसे जली-कटी सुनाती रही। धीरे-धीरे ये घटना रोज की हो गई और मालकिन का संयम जवाब देने लगा। उसके क्रोध का पारा चढ़ने लगा। इसी क्रम में नौकरानी एक रोज और भी देर से आई तो मालकिन हाथ में झाड़ू लिए हुए, चंडी का रूप बनी हुई, उसकी ओर लपकी और उसे पीट डाला। लहूलुहान नौकरानी भागती हुई घर के बाहर आ गई और आस-पड़ोस के सभी लोग यह तमाशा देखने जमा हो गए। क्रोध से आगबबूला हुई वह महिला अब तक अपना सारा विवेक खो चुकी थी। जो लोग आज तक उसे दयालु और विनम्र माना करते थे, वे उसके इस विकराल रूप को देखकर अचरज में पड़ गए। पल भर में सभी के मन से उसकी छवि धूमिल पड़ने लगी। खोए हुए विवेक ने वर्षों में हासिल प्रतिष्ठा को मिट्टी में मिला दिया।

इसी प्रकार हम सभी को परिस्थितियों के अनुसार ही कार्य करना चाहिए। अपने अनुकूल परिस्थितियों में तो सभी मृदु बने रहते हैं किंतु असली परख तो तब होती है जब हम विपरीत परिस्थितियों में भी अपना संयम न खोएँ और बुद्धिमानी से काम करें। विवेकवान मनुष्य हर परिस्थिति में खुद को ढालना जानता है। उसकी छवि स्थायी होती है। इस महिला के चरित्र से यह सीख लेनी चाहिए कि समाज हमारी छवि हमारे कर्मों को देखकर ही बनाता है। जिस प्रकार वह हमें हमारे अच्छे कामों के कारण सिर-आँखों में बैठाता है उसी प्रकार हमारे गलत कामों पर वह हमारी सारी इज्जत को धरती में मिलाने से नहीं चूकता। इसलिए बेहतर यही है बिना किसी आडंबर के अपने अच्छे कामों को करते जाया जाए।

इस प्रसंग से यह सीख मिलती है कि हमें विनम्रता और दयालुता का बाहरी स्वाँग नहीं करना चाहिए। उच्च चारित्रिक गुणों को स्वयं में आत्मसात् कर लेना चाहिए और उसे अपने व्यवहार का अभिन्न हिस्सा बना लेना चाहिए ताकि परिस्थितियाँ बदल भी जाएँ तो भी हमारा व्यवहार न बदलने पाए।

मनुष्य और उसकी चेतना

मनुष्य की चेतना दो स्थितियों में बँटी होती है–जब वह संसार की गतिविधियों में डूबा होता है तब साधारण प्राणी के समान सुख-दुःख, प्रेम-घृणा, स्नेह-क्रोध, लाभ-हानि के फेर में रहता है किंतु जब वह ईश्वर के ध्यान में लीन होता है तब उसे अपने तन की भी सुधि नहीं रहती। साधना में मन की चेतनावस्था अपने उच्चतम सोपान पर पहुँच जाती है। जब तन-मन की सुधि समाप्त हो जाए तभी परम सत्य का आभास होना प्रारंभ हो जाता है। आत्मा तन और जगत् का आभास मिटाकर परम तत्त्व का रसास्वादन करने लगती है।

एक बार की बात है उमर खैयाम अपने अलमस्त स्वभाव के कारण बहुत प्रसिद्ध थे। वे अकसर अपने साथियों के साथ या कभी-कभी अकेले ही भ्रमण के लिए निकल पड़ते थे। वे अपना समय बड़े अनोखे ढंग से बिताते थे। कभी वे ईश्वर का ध्यान करते तो कुछ समय बाद ही अलमस्ती में समय गुजार देते। एक दिन वे अपने एक शिष्य के साथ घने जंगल से होकर गुजर रहे थे, तभी नमाज का वक्त हो गया। वे दोनों उसी जगह अपनी-अपनी चद्दरें बिछाकर नमाज अदा करने बैठ गए। तभी पास के जंगल से शेर की गर्जना सुनाई दी। शिष्य घबराकर अपनी जान बचाने के लिए पेड़ पर चढ़ गया लेकिन खैयाम इन सबसे अनजान आराम से नमाज अदा करते रहे। शेर ने नजदीक आकर पहले खैयाम को देखा फिर पेड़ पर चढ़े शिष्य की ओर देखा। शिष्य से आँखें मिलते ही वह जोर से दहाड़ा, फिर खैयाम के नजदीक से होते हुए फिर से उसी जंगल की ओर चला गया। जब शिष्य को पूर्णरूप से संतुष्टि हो गई कि शेर जा चुका है, तब वह पेड़ से उतरा। अब तक खैयाम

अपनी नमाज पूरी कर चुके थे और शिष्य को पेड़ से नीचे उतरता देख पूरा माजरा समझ गए। दोनों ने अपनी-अपनी चद्दरें समेटीं और चुपचाप आगे की राह पर चल दिए। तभी एकाएक खैयाम ने अपने गाल पर एक जोर का थप्पड़ मारा। शिष्य को बड़ा ताज्जुब हुआ। उसने पूछा–"आपने अपने ही गाल पर थप्पड़ क्यों मारा?" खैयाम ने कहा–"मेरे गाल पर एक मच्छर काट रहा था और मैंने उसी को मारने के लिए ये थप्पड़ मारा।" शिष्य को बड़ा ही आश्चर्य हुआ और उसने फिर प्रश्न किया–"जब शेर आया तब तो आप जरा भी विचलित नहीं हुए बल्कि पूरी तल्लीनता से नमाज पढ़ते रहे लेकिन इस छोटे से मच्छर के काटने से आप इतने विचलित हो उठे!" खैयाम ने हँसते हुए उत्तर दिया–"दोनों हालात में जमीन-आसमान का अंतर है। उस वक्त मैं तन और मन से खुदा के करीब था जब कि इस वक्त एक बंदे के करीब हूँ। खुदा के करीब होने पर कुछ खबर ही कहाँ रहती है?"

यही मनुष्य की चेतनता की अवस्था है। जब वह ईश्वर में लीन होता है तब सर्वस्व भूला होता है लेकिन संसार का भान होते ही वह विषय-विकारों में डूब जाता है। उसे अपने सभी भावों का अहसास होने लगता है। ईश्वर के ध्यान में तन-मन की सुधि भूला मनुष्य संसारी-चेतना के लौटते ही छोटी-छोटी बातों पर भी विचलित होने लगता है।

इस प्रसंग से यह सीख मिलती है कि मनुष्य को अपनी परिस्थिति एवं दशा का अहसास उसकी चेतना ही करवाती है। यदि अपनी चेतना को संसार से जोड़ दिया जाए तो वह उसी में सुख खोजती है और यदि ईश्वर की ओर मोड़ दिया जाए तो उसी में रस तलाशने लगती है।

सबसे बड़ा सुख ही दुःख का कारण

मनुष्य का सबसे बड़ा सुख ही उसके दुःख का कारण होता है। वह जिसे सबसे ज्यादा प्रेम करता है, अपने जीवन का ध्येय समझता है वही उसकी मृत्यु का कारण बन जाता है। यह बात सुनने-पढ़ने में बड़ी अटपटी लग सकती है लेकिन है सोलह आने सच। हम जिन व्यक्तियों या वस्तुओं को ईश्वर से बेहद जिद या प्रार्थना करके माँगते हैं और सोचते हैं कि अब ये हमारी हैं, हमें सुख प्रदान करेंगी, वे ही हमारे कष्ट का कारण बन जाती हैं। जिन्हें जिंदगी का मकसद समझ बैठते हैं, उन्हें दुःख का कारण बनते देर नहीं लगती।

एक माँ अपने बेटे से बहुत प्रेम करती थी। रात-दिन उसी के लिए खटती रहती। बेटे का सोना, जागना, भोजन, अध्ययन–यही उस माँ का जीवन था। उसके लिए बेटे से इतर और कोई सुख न था। सारी आकांक्षाएँ बेटे से जुड़ चुकी थीं–बेटा बड़ा होकर मुझे सुख देगा और मेरे बुढ़ापे का सहारा बनेगा। किंतु बेटा बड़ा हुआ...बहुत बड़ा ऑफिसर बना। लेकिन बड़ा आदमी बनते ही अपनी नई-नवेली घर-गृहस्थी में ऐसा रम गया कि उस माँ को भूल गया जिसने उसे यहाँ तक पहुँचाने के लिए अपने सारे सुखों का त्याग कर दिया था। ऐसे में यही बेटा जो सबसे बड़े सुख का कारण था, दुःख देने लगा।

एक पति-पत्नी आपस में बहुत प्रेम किया करते थे। एक-दूसरे से अलग जीवन की कल्पना भी न कर सकते थे। एक का सुख दूसरे के चेहरे की खुशी थी। किंतु विधाता का खेल कि पति की मृत्यु हो गई। ऐसे में जो पति कल तक तमाम खुशियों का कारण था, आज वियोग का कारण बन गया। पत्नी कल तक जिसका चेहरा देख-देखकर हँसती

थी आज उसी की तस्वीर देख-देखकर रोने लगी।

इसी तरह से यदि हम अपने आसपास नजर दौड़ाएँ तो ऐसे कई कारण मिल जाएँगे जो हमें बहुत खुशी देते हैं। आज हम जिनके मोह में जकड़े हुए हैं, कल यही हमारे दुःख का कारण बनेंगे। मान, सम्मान, प्रतिष्ठा बहुत सुख देते हैं किंतु ये जैसे ही जीवन से दूर होते हैं, जीवन कष्टदायी बन जाता है। कल तक जो मान, सम्मान, प्रतिष्ठा जीवन का ध्येय थीं, प्रसन्नता का मूल कारण थीं, आज वही दुःख का कारण बन गईं। धन एवं ऐश्वर्य जीवन में खुशी का सबसे बड़ा कारण होता है किंतु जब नष्ट हो जाता है तो बड़े-बड़े जीवन बर्बाद कर देता है। स्त्री, संतान, प्रेमी, मित्र आदि बड़े प्रिय होते हैं, किंतु बाद में उन्हें इतना अधिक प्रेम करना ही दुःख का कारण बन जाता है। परम सुख इसी में है कि इस संसार में रहते हुए अपने समस्त कर्तव्यों का निर्वाह करते हुए भी चैतन्य बने रहें और किसी भी व्यक्ति या वस्तु से इस कदर लिप्त न हों कि वे हमारा सुकून नष्ट कर सकें। हमेशा याद रखें कि आज हमारे पास जो कुछ भी है, वो हमें यहीं पर मिला है और यहीं पर ही रह जाएगा। इस संसार से चले जाने के बाद यदि कुछ बाकी रहेगा तो वो होगा हमारा काम और हासिल किया हुआ नाम।

इस प्रसंग से यह सीख मिलती है कि हमें सुख-दुःख के पीछे न भागकर अपने कर्तव्य पर ही ध्यान देना चाहिए। किसी भी वस्तु या रिश्ते में इतना मोह नहीं रखना चाहिए कि हमारी सारी खुशियाँ उसी के नियंत्रण में आ जाएँ और उसके बिना हमारा जीवन दूभर हो जाए। जीवन सतत प्रवाह है, इसे निरंतर अपनी गति से बहते रहने देना चाहिए।

भक्ति के प्रकार

मनुष्य नाना प्रकार से ईश्वर की भक्ति करता है। कोई कर्म द्वारा, कोई योग-साधना द्वारा, कोई तीर्थ-व्रत-उपवास करके, तो कोई ध्यान या कीर्तन के द्वारा अपनी श्रद्धा प्रदर्शित करता है। भक्ति-मार्ग में चलने वाले के लिए अनेक राहें होती हैं, किंतु सभी जाकर उसी परमात्मा पर मिलती हैं। ईश्वर-भक्ति के इन विभिन्न आयामों को देखते हुए भक्ति के दो प्रकार माने गए हैं–एक है सकाम-भक्ति और दूसरी है निष्काम-भक्ति। जब भक्त के भीतर कामना विद्यमान रहती है तो उसे सकाम-भक्ति कहते हैं। ईश्वर की आराधना किसी लक्ष्य-विशेष को साधने के लिए या किसी इच्छित-फल की प्राप्ति को ध्यान में रखकर की जाए तो ऐसी भक्ति को सकाम-भक्ति कहते हैं। भक्त अपनी भक्ति के एवज में प्रभु से कहता है कि 'मेरे फलाँ-फलाँ काम सिद्ध कर दीजिए।' ...या यह भी कि 'यदि मेरा ये काम पूर्ण हो गया तो मैं ये चढ़ाऊँगा, ये काम बन गया तो यहाँ आपके दर्शन करने आऊँगा।' और ये सिलसिला जीवन-पर्यंत चलता रहता है। जब-जब उसके काम बनते जाते हैं, उसकी श्रद्धा बलवती होती जाती है और जब-जब काम नहीं बनते तो ईश्वर के साथ प्रेम-पूर्ण नोक-झोंक चलती रहती है।

निष्काम-भक्ति सकाम-भक्ति से इतर है। जब भक्त ईश्वर के प्रेम और ध्यान में आकंठ डूब जाए और उस निष्कामी-भक्त के भीतर कोई भी कामना शेष न रहे तो उसे निष्काम-भक्ति कहते हैं। निष्काम-भक्ति को ही अहेतुकी-भक्ति भी कहते हैं–अर्थात् 'कोई हेतु शेष न रहना।' 'तुम प्रेम करो या न करो, मैं तो हर हाल में तुमसे ही प्रेम करता हूँ और सदैव करता भी रहूँगा'–इसी का नाम अहेतुक-प्रेम है। जब भक्त

के हृदय में ईश्वर के प्रति प्रगाढ़तम प्रेम उत्पन्न हो जाता है तब ही उसे ईश्वर का साक्षात्कार और सान्निध्य-सुख प्राप्त होता है। ऐसा भक्त अपने ईश्वर से कुछ भी नहीं चाहता। दरअसल यहाँ कुछ चाह बाकी ही नहीं रहती। ऐसे भक्त के लिए सांसारिक वस्तुएँ कोई अहमियत नहीं रखतीं। भौतिक सुख उसे अपने और ईश्वर की राह के बीच सबसे बड़ी बाधा के रूप में नजर आने लगते हैं। उसकी प्राथमिकताएँ बदल जाती हैं, वह कुछ यूँ सोचने लगता है कि 'जितना जीने के लिए आवश्यक है, मेरे प्रभु उतना इंतजाम कर ही रहे हैं और जो-जो नष्ट हो रहा है या अप्राप्य है वो प्रभु की इच्छा से है। कदाचित् वो मेरे लिए आवश्यक ही नहीं रहा होगा।' जब इस प्रकार की सोच पैदा हो जाती है तब ईश्वर के साथ निष्काम-प्रेम प्रारंभ हो जाता है और यही प्रेम की प्रगाढ़ता प्रेमी को अपने प्रियतम के निकट तक पहुँचा देती है। ऐसा निष्काम-भक्त और निष्कपट-प्रेमी सहज ही ईश्वर के सान्निध्य को प्राप्त कर लेता है।

इस प्रसंग से यह सीख मिलती है कि 'भक्ति' मनुष्य को ईश्वर से जोड़े रखने वाला वो भाव है जो उसके जीवन को सही दिशा दिए रहता है। भक्ति चाहे किसी कामना से की जाए या बिना कामना के की जाए, दोनों ही स्थितियों में भक्त के जीवन में अनुशासन बनाए रखने का ही काम करती है।

चित्त की शुद्धता

ईश्वर-प्राप्ति का प्रमुख सोपान है चित्त की शुद्धता। चित्त में शुद्धता आ जाने से ईश्वर के साथ प्रगाढ़ता बढ़ती जाती है। शुद्ध मनोवृत्ति वाला मनुष्य ही ईश्वर में अपना प्रेम और ध्यान बनाकर रख सकता है। मनुष्य को चित्त-शुद्धि की प्राप्ति के लिए विषय-भोग की आसक्ति से दूरी बनानी होगी। जब जीव विषय-वासना त्यागने लगता है तो उसके चित्त में शुद्धता प्रारंभ होने लगती है। यही शुद्धता शनैः-शनैः उसके चित्त को प्रबलता के साथ ईश्वर की सत्ता की दिशा में मोड़ देती है। जिस प्रकार किसी समाचार को अपने गंतव्य तक बाधारहित पहुँचाने के लिए टेलीग्राफ के तार का बाधित न होना परम आवश्यक है क्योंकि यदि वह तार कहीं से भी बाधित होगा तो समाचार भी अपने लक्ष्य तक नहीं पहुँच पाएगा। उसी प्रकार चित्त का तार भी ईश्वर तक बाधारहित पहुँचना चाहिए। विषय-भोग-वासनाएँ ऐसी ही बाधाएँ हैं जो मनुष्य के चित्त को ईश्वर तक जुड़ने ही नहीं देतीं, पुनः-पुनः बाधित करती रहती हैं और जीव सांसारिक कार्यों में ही उलझा रह जाता है। मनुष्य की प्रबल उत्कंठा होती है कि वह ईश्वर का सान्निध्य प्राप्त करे। इसके लिए वह जब-तब अनेक प्रयत्न भी करता रहता है। सांसारिक भोग और सुख-सुविधाएँ उसे अपनी ओर खींचती हैं। अकसर ऐसी स्थितियाँ भी पैदा हो जाती हैं जब वह उनमें दुःख का अनुभव करने लगता है और ईश्वरोन्मुखी हो उठता है। ऐसी दशा में वह अपने चित्त में हर संभव शुद्धता लाने का प्रयास करता है और यही प्रयास उसके भीतर सात्त्विकता के भाव की उत्पत्ति करता है। जैसे-जैसे मनुष्य का चित्त

शुद्ध होता जाता है, वैसे-वैसे ही उसके भीतर आतंरिक सुख, शांति और आनंद की अनुभूति भी बढ़ती जाती है।

इस प्रसंग से यह सीख मिलती है कि मनुष्य के लिए सुख, शांति और आनंद की प्राप्ति के लिए अपने चित्त को शुद्ध रखना परम आवश्यक है। शुद्ध चित्त से ईश्वर को भी पाया जा सकता है।

...और आगे बढ़ते रहो

जीवन गतिशीलता का ही दूसरा नाम है। जीवट मनुष्य सदैव गतिशील रहते हैं। रास्ते की मुश्किलें उनके लिए कभी भी बाधा नहीं बन पातीं। मनुष्य के लिए यह आवश्यक है कि वह अपने लक्ष्यों को पाने के लिए उचित राह पर चले। रास्ते में मिलने वाली छोटी-छोटी सफलताएँ कभी भी 'लक्ष्य' नहीं होतीं, वे तो पड़ाव मात्र होती हैं। मनुष्य को अपनी राह पर चलते हुए थककर या संतुष्ट होकर नहीं बैठना चाहिए, इससे महत्त्वाकांक्षाएँ बाधित होती हैं। ऐसा मनुष्य कभी भी इतिहास नहीं रच सकता। यदि हम बड़े-बड़े महापुरुषों की जीवनी पढ़ें तो जानेंगे कि उनका जीवन गतिशीलता, कर्मठता और संघर्षों से भरा रहा है, उन्होंने कभी भी छोटी-छोटी बाधाओं से हार नहीं मानी। साहसी व्यक्ति तो ऐसी छोटी-छोटी बाधाओं को चुनौती के रूप में लेते हैं और दुगुने उत्साह से आगे की ओर बढ़ने लगते हैं। साथ ही साथ वे छोटी-छोटी उपलब्धियों को हासिल करके अपनी पीठ नहीं थपथपाते बल्कि अपनी गति को और बढ़ा देते हैं।

एक संत अपनी भक्ति और विद्वत्ता के लिए बहुत विख्यात थे। लोग दूर-दूर से उनके दर्शनों के लिए आया करते थे। एक बार उनके पास एक लकड़हारा आया और चरणों में बैठ गया। संत बहुत ज्ञानी थे अत: उसके मन की बात जान गए। किंतु फिर भी उन्होंने अनजान बनते हुए पूछा—"तुम कहाँ से आए हो और क्या काम करते हो?" वह व्यक्ति बोला—"गुरुदेव! पास के ही गाँव में रहता हूँ और लकड़ियाँ काटकर शहर ले जाकर बेचता हूँ, उसी से पूरे परिवार का गुजारा चलता है।" संत ने पूछा—"कहाँ काटते हो लकड़ी?" लकड़हारा बोला—"पास वाले

जंगल में।" संत ने कहा–"थोड़ा और आगे बढ़ो।" अगले दिन जब लकड़हारा लकड़ी काटने जंगल पहुँचा तो उसे संत की बात याद आ गई और वह जंगल के थोड़ा और भीतर पहुँचा। वहाँ उसे चंदन के पेड़ मिले। कुछ दिनों के बाद वह फिर से संत के दर्शनों के लिए पहुँचा। संत उसे देखते ही पहचान गए और हालचाल पूछने लगे–"अब भी उसी जंगल में लकड़ी काटते हो?" वह बोला–"जी गुरुदेव।" संत ने इस बार भी कहा–"...तो थोड़ा और आगे बढ़ो।" अगले दिन वह लकड़हारा और भीतर पहुँच गया तो उसने देखा कि वहाँ चाँदी की खान है। वह बड़ा प्रसन्न हुआ और दौड़ा-दौड़ा संत के चरणों में पहुँचा। संत अन्तर्यामी थे, सारी बात जानते थे इसलिए मुस्कराकर बोले– "...और आगे-आगे बढ़ते रहो।" उस लकड़हारे ने संत की बात गाँठ बाँध ली और धीरे-धीरे आगे की ओर बढ़ता रहा। उसे सोने की, फिर हीरे की खानें मिलने लगीं। इस प्रकार उसकी सारी दरिद्रता दूर हो गई और उसे आगे बढ़ते रहने का संदेश मिला। यदि वह दूसरे या तीसरे कदम पर ही संतुष्ट होकर बैठ जाता तो उसे और उपलब्धियाँ कतई हासिल न होतीं। अतः मनुष्य को राह में आने वाली कठिनाइयों से घबराकर या छोटी-छोटी कामयाबियों से संतोष करके नहीं बैठ जाना चाहिए बल्कि निरंतर उत्साह और सकारात्मकता के साथ आगे की ओर बढ़ते रहना चाहिए।

इस प्रसंग से यह सीख मिलती है कि 'जीवन' निरंतर आगे की ओर बढ़ते रहने का नाम है। जिस प्रकार समय, दिन, ऋतु आदि किसी के लिए भी नहीं रुकते, उसी प्रकार मनुष्य को भी किसी एक पड़ाव पर थमकर नहीं बैठना चाहिए। उसे आगे...और आगे बढ़ते रहना चाहिए।

ईश्वर की खोज

मनुष्य के लिए संसार भ्रम के सिवाय और कुछ भी नहीं है। इस संसार में रहकर वह कई प्रश्नों के उत्तर जानना चाहता है लेकिन भ्रमवश उन प्रश्नों में ही उलझकर रह जाता है। संसार की स्थूल चीजें तो हम अपनी आँखों से देखकर उनके बारे में समझ लेते हैं किंतु कई चीजें सूक्ष्म हैं और हम उन्हें सिर्फ अनुभव ही कर पाते हैं। इसी प्रकार से 'ईश्वर के अस्तित्व' के प्रश्न पर विचार किया जाए तो वो भी कुछ ऐसा ही है, अत्यंत सूक्ष्म। ईश्वर के अस्तित्व को सिर्फ महसूस किया जा सकता है, देखा नहीं जा सकता। ईश्वर की सत्ता और उसकी महत्ता सर्वत्र विद्यमान है किंतु नजर नहीं आती।

एक वाकया है–

एक बार अकबर ने बीरबल के सामने अचानक तीन प्रश्न किए। प्रश्न थे–ईश्वर कहाँ रहता है? वह कैसे मिलता है? वह क्या करता है?

बीरबल इन प्रश्नों को सुनकर सकपका गए और बोले–"जहाँपनाह! इन प्रश्नों के उत्तर मैं कल आपको दूँगा।" जब बीरबल घर पहुँचे तो वह बहुत उदास थे। उनके पुत्र ने उनसे उदासी का कारण पूछा तो उन्होंने बताया–"बेटा! आज अकबर बादशाह ने मुझसे एक साथ तीन प्रश्न पूछे–'ईश्वर कहाँ रहता है? वह कैसे मिलता है? और वह करता क्या है?' मुझे उनके उत्तर सूझ नहीं रहे हैं और कल दरबार में इन तीनों प्रश्नों के उत्तर देने हैं।" बीरबल के पुत्र ने कहा–"पिता जी! कल आप मुझे दरबार में अपने साथ ले चलना। मैं बादशाह के प्रश्नों के उत्तर दूँगा।" पुत्र की जिद के कारण बीरबल अगले दिन अपने पुत्र को साथ लेकर दरबार में पहुँचे। बीरबल को देखकर बादशाह अकबर ने कहा–"बीरबल, मेरे प्रश्नों के उत्तर दो।" बीरबल ने कहा–"जहाँपनाह, आपके प्रश्नों का उत्तर तो मेरा पुत्र भी दे सकता है।" अकबर ने

बीरबल के पुत्र से पहला प्रश्न पूछा–"बताओ! ईश्वर कहाँ रहता है?" बीरबल के पुत्र ने एक गिलास शक्कर मिला हुआ दूध मँगवाया और बादशाह से पूछा–"जहाँपनाह, दूध कैसा है?" अकबर ने दूध चखा और कहा–"ये मीठा है..." "परंतु बादशाह सलामत! क्या आपको इसमें शक्कर दिखाई दे रही है?" बादशाह बोले–"नहीं, वह तो इसमें घुल गई है।" "जी हाँ जहाँपनाह! ईश्वर भी इसी प्रकार संसार की हर वस्तु में ऐसे ही समाया रहता है जैसे शक्कर दूध में घुल गई है परंतु वह दिखाई नहीं दे रही है।"

बादशाह ने संतुष्ट होकर अब दूसरा प्रश्न पूछा–"अच्छा बताओ! ईश्वर मिलता कैसे है?" बालक ने कहा–"जहाँपनाह, थोड़ा दही मँगवाइए।" बादशाह ने दही मँगवाया तो बीरबल के पुत्र ने पूछा–"जहाँपनाह! क्या आपको इसमें मक्खन दिखाई दे रहा है?" बादशाह ने कहा–"मक्खन तो दही में है पर इसको मथने पर ही दिखाई देगा।" बालक ने कहा–"जहाँपनाह! मंथन करने पर ही ईश्वर के दर्शन हो सकते हैं।"

बादशाह ने संतुष्ट होकर अब अंतिम प्रश्न पूछा–"बताओ! ईश्वर करता क्या है?" बीरबल के पुत्र ने कहा–"महाराज! इसके लिए आपको मुझे अपना गुरु स्वीकार करना पड़ेगा।" अकबर बोले–"ठीक है, तुम गुरु और मैं तुम्हारा शिष्य।" अब बालक ने कहा–"जहाँपनाह, गुरु तो ऊँचे आसन पर बैठता है और शिष्य नीचे।" अकबर ने बालक के लिए सिंहासन खाली कर दिया और स्वयं नीचे बैठ गए। अब बालक ने सिंहासन पर बैठकर कहा–"महाराज! आपके अंतिम प्रश्न का उत्तर यही तो है।" अकबर आश्चर्य से बोले–"क्या मतलब!! मैं कुछ समझा नहीं।" बालक ने कहा–"जहाँपनाह! ईश्वर यही तो करता है। पल भर में राजा को रंक बना देता है और रंक को राजा बना देता है।"

इस प्रसंग से यह सीख मिलती है कि ईश्वरीय शक्ति इस संसार के कण-कण में व्याप्त है। हम अपनी संकुचित दृष्टि के कारण ही उसे देख नहीं पाते हैं किंतु यदि उसकी सत्ता को महसूस करें तो हर ओर महसूस होगी।

जब मैं था तब हरि नहीं, अब हरि है मैं नाहिं

'जब मैं था तब हरि नहीं, अब हरि है मैं नाहिं।' ऐसी भ्रामक मान्यता है कि मनुष्य का अस्तित्व 'मैं' पर ही आधारित है। वह अपनी पूरी जिंदगी इस 'मैं' अर्थात् अभिमान को पोषित करने में ही गुजार देता है। जन्म के समय उसके भीतर 'मैं' विद्यमान नहीं होता; वह परमात्मा से पृथक् हुआ एक दुखी जीव होता है। वह परमात्मा से अलग होकर इतना व्यथित होता है कि संसार में जन्म लेते ही, आँखें खोलते ही विलाप करने लगता है। लेकिन जैसे-जैसे वह बड़ा होता जाता, उसकी ईश्वर से जुड़ी स्मृतियाँ धुँधली पड़ने लगती हैं और वह संसारी बंधनों में जकड़ता जाता है। यही संसारी बंधन उसके भीतर के 'मैं' को जाग्रत् करने लगते हैं। धीरे-धीरे उसका अहंकार इस 'मैं' को और पोषित करने के लिए प्रत्यक्ष या परोक्ष रूप से बाध्य करने लगता है। युवा होते-होते वह भौतिक उपलब्धियाँ हासिल करके इतना प्रफुल्लित हो उठता है कि इसी को अपने जीवन का ध्येय समझने लगता है। वह अपनी अमूल्य पूँजी 'हरि' की सुधि भी नहीं लेता।

जीवन में कुछ भी स्थायी नहीं है, न धन-दौलत और न ही जीवन। अतः धीरे-धीरे उसका पोषित 'मैं' अर्थात् अभिमान ही उसके दुःख का कारण बनने लगता है और अंततः वह 'हरि' को पुकार उठता है। जिस घड़ी वह अपने 'मैं' से आहत होकर हरि को पुकारता है, उसी समय से परिवर्तन प्रारंभ होने लगता है। उसके भीतर विष के समान फैला हुआ 'मैं' हरि नाम की बूटी से सूखने और मिटने लगता है। वह पुनः अपने

परमपिता की गोद को पाने के लिए तड़प उठता है। यही कारण है कि कबीरदास ने कहा है–"जब मनुष्य के भीतर 'मैं' था, तब 'हरि' का भाव जागना बड़ा कठिन था, किंतु जैसे ही 'हरि' का भाव जागा 'मैं' के लिए कोई जगह ही नहीं रह गई। ईश्वर को पाना है तो उससे प्रेम करना पड़ेगा। प्रेम करने वाले के भीतर अहंकार कतई नहीं होना चाहिए क्योंकि अहं और प्रेम एक साथ नहीं ठहर सकते।"

जब मैं था तब हरि नहीं, अब हरि है मैं नाहिं।
प्रेम गली अति साँकरी, तामे दोऊ न समाहिं।। (संत कबीर)

इस प्रसंग से यह सीख मिलती है कि अहंकार जीवन नहीं बल्कि प्रेम और भक्ति ही जीवन है। हमें अपने भीतर के 'मैं' को समूल नष्ट करके प्रेम को स्थापित करना चाहिए।

जीवन की नश्वरता

जीवन क्या है? कोई भी मनुष्य इस तथ्य को आज तक नहीं समझ सका। जीवन और मृत्यु के फेर में पड़ा मनुष्य अपने पूरे जीवन इसी जिज्ञासा को मन में लिए भटकता रहता है और जब प्रभु-कृपा से थोड़ी बहुत अंतर्दृष्टि प्राप्त होती है तो जीवन से प्रस्थान की खबर आ जाती है। यह संसार सागर के समान है और सभी जीव उसमें उठने वाली लहरों के समान हैं। सभी इसी से उपजते हैं, फिर इसी में विलीन हो जाते हैं; कुछ भी शेष नहीं रहता। यह उपजने और विलीन होने का क्रम निरंतर चलता रहता है। पंचतत्त्व से बना यह मानव शरीर अंततः पाँचों तत्त्वों में ही विलीन हो जाता है।

एक बार की बात है एक संत राह से गुजर रहे थे। समीप ही पेड़ के नीचे एक आदमी बैठा हुआ था। वह बहुत ही शोकातुर दिखाई दे रहा था। संत तो यूँ भी दिल के सरल होते हैं, अतः वे उसके समीप गए और बड़े प्यार से उसके कंधे पर हाथ रखकर पूछा–"बेटा! तुम दुखी क्यूँ हो?" उस आदमी ने आँसू पोंछते हुए कहा–"महाराज! मेरा जवान बेटा मर गया है, मैं उसके चले जाने के कष्ट को सहन ही नहीं कर पा रहा हूँ।" संत ने कहा–"तुम्हारा बेटा जहाँ से आया था, वहीं लौट गया है।" आदमी ने हैरान होकर पूछा–"वो कैसे?" संत ने कहा–"आओ, तुम्हें दिखाता हूँ।" संत उसे समीप के तालाब पर ले गए और पानी के बुलबुलों को इंगित करते हुए पूछा–"ये क्या हैं?" "बुलबुले।" "बिलकुल ठीक कहा तुमने। अब ध्यान से देखो, ये पानी के बुलबुले पानी से ही उपजते हैं और पानी में ही मिट जाते हैं। मनुष्य का जीवन भी इन बुलबुलों के समान है, वह इस संसाररूपी जल से ही

उपजता है और उसी में विलीन हो जाता है। यह क्रम अनवरत चलता रहता है।" बेटे की मृत्यु के दुःख से व्याकुल वह पिता संत के चरणों में नतमस्तक हो गया।

इसी प्रकार हमें भी रिश्तों-नातों के सभी बंधन तब तक ही नजर आते हैं, जब तक हम सच्चाई को नहीं जानते। जैसे ही हमें जीवन और मृत्यु का सच पता चल जाता है, हम सभी रिश्तों का यथार्थ भी जान जाते हैं। इसका तात्पर्य यह कतई नहीं है कि हमें मृत्यु के इंतजार में जीना ही छोड़ देना चाहिए या मृत्यु का सच जानकर जीवन का आनंद ही नहीं लेना चाहिए। हमें अपने रिश्तों और जीवन को संपूर्णता के साथ जीना चाहिए किंतु उनके साथ इस कदर नहीं बंधना चाहिए कि जीवन ही निःसार हो जाए।

इस प्रसंग से यह सीख मिलती है कि मनुष्य को अपने कर्म करते रहना चाहिए। जीवन-मरण की परवाह नहीं करनी चाहिए। अंततः सब नष्ट हो जाता है; मनुष्य के सद्कर्म ही सदियों तक याद किए जाते हैं। किसी एक ही व्यक्ति या वस्तु के इर्द-गिर्द सुख तलाशना हमेशा कष्ट ही देता है।

प्रेम न बाड़ी ऊपजे, प्रेम न हाट बिकाय

प्रेम...कहाँ नहीं है प्रेम?
जीवन की सरगम में
भावों के कंपन में
अधरों की थिरकन में
प्रेम ही तो है।

'प्रेम' बहुत विराट् है। या यूँ कहें कि यह समूचा जग प्रेममय ही है, तो कोई अतिशयोक्ति न होगी। जग के कण-कण में प्रेम व्याप्त है। इसे आँखों से नहीं भावों से देखना पड़ता है। प्रेम एक संगीत है; आत्मा का संगीत—जिसे कानों से नहीं, हृदय से सुनना पड़ता है। प्रेम तो नदियों का सतत प्रवाह है जो हर किसी के चरण पखारकर आत्मा में शीतलता भर देता है। प्रेम उस फव्वारे की तरह है जिसकी बौछारें खुद को तो भिगोती ही हैं साथ ही नजदीक आने वाले हर एक को सराबोर कर देती हैं।

श्रीकृष्ण सोलह कलाओं से युक्त हैं और सर्वश्रेष्ठ प्रेमी भी। प्रेम सबसे बड़ी कला है; सबसे बड़ा ज्ञान है। बाकी सब ज्ञान उसके आगे फीके हैं। बाकी सारे ज्ञान तो ऊपर-ऊपर तक ही सिमटे रहते हैं, बाहर-बाहर की ही सीख देते हैं लेकिन अकेला प्रेम ही है जो अंतरगृह तक प्रवेश करवा देता है और परिधि से केंद्र तक पहुँचा देता है। प्रेम कहकर नहीं किया जा सकता और न ही करके कहा जा सकता है। जो कह दिया वो प्रेम नहीं। यह तो आनंद का पर्याय है। प्रेम में सबसे महत्त्वपूर्ण है—संपूर्ण समर्पण का भाव। प्रेम में लालसा या कामना नहीं

रहती। जहाँ लालसा है वहाँ प्रेम नहीं, समर्पण नहीं; वहाँ तो बस जकड़न मौजूद रहती है। ओशो ने प्रेम को बखूबी समझाया है–"प्रेम मंदिर भी है और कारागृह भी; प्रेम परमात्मा भी है और पशु भी।" जब मनुष्य प्रेम में समर्पण की स्थिति तक पहुँच जाए तो प्रेम 'मंदिर' बन जाता है, जिसके दोनों दरवाजे खुले रहते हैं, भीतर जाने का भी और बाहर आने का भी। मनुष्य अपनी मर्ज़ी से प्रवेश तो करता है लेकिन जब चाहे तब बाहर भी जा सकता है, हालाँकि इस प्रेम-मंदिर में उसका जी ऐसा लग जाता है कि वह बार-बार भीतर ही ज़ाना चाहता है। यदि यही प्रेम 'कारागृह' बन जाए तब मनुष्य के भीतर जाते ही दरवाजा बाहर से बंद कर दिया जाता है और वह भीतर की जकड़न से छटपटा उठता है और बाहर निकलने को बेचैन हो जाता है। शायद इसीलिए ओशो ने कहा है कि प्रेम पशु भी है और परमात्मा भी। जब प्रेम में उर्ध्वगति आ जाती है तब वह परमात्मा बन जाता है जब कि अधोगति आ जाए तो पशु बनते देर नहीं लगती। प्रेम में मनुष्य परमात्मा-भाव और पशु-भाव दोनों को ही जी लेता है। विशुद्ध प्रेम, जिसमें परमात्मा-भाव विद्यमान रहता है, आसानी से प्राप्त नहीं होता। ऐसा प्रेम वहीं है जहाँ प्रतिदान में कुछ भी पाने की लालसा शेष नहीं होती। सच्चा प्यार न तो शारीरिक सुंदरता देखता है और न ही आर्थिक और शैक्षणिक पृष्ठभूमि। सच्चा प्यार तो बस अपने प्रिय का हित और सामीप्य का आकांक्षी होता है। जहाँ निजी सुख का भाव आ जाए वहाँ कामना जाग उठती है, वासना बलवती हो उठती है। लेकिन जब दूसरों के सुख का भाव जाग्रत् हो तो विराटता आ जाती है, वसुधैव कुटुंबकम् की आकांक्षा जोर पकड़ती है।

जब प्रेम बेशर्त है तो फिर आजकल प्रेम एक दिन का मोहताज बनकर क्यों रह गया है? हम प्रेम में पश्चिमीकरण का अंधानुकरण क्यों करें? प्रेम तो हमारे संस्कारों में है; भारतीयता की जड़ों में है। हमारा प्रेम एक दिन में नहीं मनाया जा सकता, वह तो शाश्वत है, चिरंतन है। प्रेम की नैसर्गिक अनुभूति आज आधुनिकता की इसी चकाचौंध में खोती जा रही है। हमारे संस्कारों में प्रेम को 'जीना' सिखाया जाता है जब कि

पश्चिम में प्रेम 'भोग' है। हमारे देश में स्त्री 'प्रिया' है जब कि उनके लिए 'भोग्या'। हमें अपने विचारों को इस सांस्कृतिक प्रदूषण से बचाना होगा। युवाओं को यह समझना होगा कि प्रेम तो वो अनुभूति है जिसे शब्दों से नहीं कहा जा सकता, उसमें तो बस डूबा जा सकता है। प्रेम पर विचार-विमर्श करने की आवश्यकता नहीं है, कोई दिन तय करने की भी जरूरत नहीं है। प्रेम तो एक प्रवाह है जिसके बहाव में डूब जाना चाहिए, 'स्व' को भूल जाना चाहिए। प्रेम करके प्रेममय हो जाना चाहिए।

इस प्रसंग से यह सीख मिलती है कि समूचा संसार 'प्रेममय' है। प्रेम पर चर्चा या तर्क-वितर्क करना ठीक नहीं। ...बल्कि प्रेम करना ही श्रेयस्कर है क्योंकि प्रेम का पर्याय प्रेम ही है।

आदर्श जीवन

एक मूर्तिकार बहुत सजीव और सुंदर मूर्तियाँ बनाया करता था। उसने अनेक प्राचीन और अपने समय के वर्तमान पराक्रमी लोगों की मूर्तियाँ बनाई थी। उसकी बनाई मूर्तियाँ दूर-दूर तक मशहूर थीं। एक बार शहर का धनी व्यक्ति उसकी बनी मूर्तियों की प्रशंसा सुनकर देखने के लिए आया। वह धनवान सभी मूर्तियों को बड़ी रुचि से देखने लगा और उनके बारे में पूछने लगा–"इनमें से वो मूर्ति कौन सी है जिसे बनाकर तुम्हें सबसे ज्यादा खुशी मिली हो?" उस व्यक्ति ने कहा–"ऐसी मूर्ति मैंने अभी तक बनाई ही नहीं।" मेहमान ने आश्चर्य से पूछा–"क्यों?" उसने जवाब दिया–"मेरी बनाई मूर्तियों के बारे में लोग अनेक जानकारियाँ लेते हैं लेकिन जिस मूर्ति के बारे में लोग जानकारियाँ लें उसका क्या फायदा...इसकी बजाय यदि कोई मनुष्य इतने बड़े-बड़े काम कर जाए कि लोग उसे उसके कामों से याद करें और मुझसे आकर पूछें कि उसकी मूर्ति कहाँ है? ...और जिस दिन लोगों की माँग पर मैं उस मूर्ति को बनाऊँगा तो वही मूर्ति मुझे सबसे ज्यादा खुशी देगी।"

इस अनोखी घटना से हम कई शिक्षाएँ ले सकते हैं। आज के समय में कौन महान् नहीं बनना चाहता लेकिन महान् बनने के लिए हमें महान् काम करने होंगे। 'यश, धन और सफलता' हर किसी की चाहत होती है किंतु यह तीनों हासिल करना इतना आसान नहीं है। हम अपने जीवन में इतने अच्छे और महत्त्वपूर्ण काम कर जाएँ कि आने वाली पीढ़ी हमें हमारे कामों से याद रखे, इससे बड़ी कोई और बात हो ही नहीं सकती। अपने महान् कार्यों से हासिल किया हुआ 'यश' चिरस्थायी होता है और दूसरों के लिए प्रेरणादायी भी।

'धन' हर मनुष्य की कामना होती है। सुविधायुक्त और आसान जीवन जीने के लिए 'धन' आवश्यक भी है। धन के अभाव में उपलब्धियाँ नहीं हासिल की जा सकतीं क्योंकि सुविधाओं की कमी होने पर सारा जीवन इन्हें ही जुटाने में निकल जाएगा और धीरे-धीरे मनुष्य भोगी भी बनता चला जाएगा। इतना सुविधाभोगी कि अपना सारा जीवन इन सुविधाओं को जुटाने में ही खर्च कर देगा। उसे अपना उद्देश्य ध्यान ही नहीं रहेगा। इसीलिए 'धन' हमारा लक्ष्य नहीं होना चाहिए बल्कि वह लक्ष्य-प्राप्ति में सहायक भर होना चाहिए।

जो लोग अपने लक्ष्य की ओर निरंतर आँख गड़ाए रहते हैं और कभी भी अपने रास्ते से भटकते नहीं, 'सफलता' उन्हीं के कदम चूमती है। 'सफलता' प्रसिद्धि पाने या धनार्जन से नहीं मिलती बल्कि सफलता मिलती है अपने अच्छे कार्यों से। हम अपने कार्यों के द्वारा अपने समाज में सुधार लाएँ या हमारे काम दूसरों के लिए संदेश और प्रेरणा बन जाएँ, तभी हमारा जीवन सफल है। यदि हम अपने जीवन में महान् काम कर जाएँ तथा हमारा देश, समाज और आने वाली पीढ़ी हम पर गर्व कर सके तभी हम दूसरों के लिए भी आदर्श के पात्र बन पाएँगे।

इस प्रसंग से यह सीख मिलती है कि मनुष्य को धन, यश और सफलता पाने के लिए अपने आदर्शों और सम्मान से जीवन जीना चाहिए। जब हम अपने कर्म अच्छे कर लेंगे और अपने जीवन को दूसरों के लिए भी एक मिसाल की तरह से बना लेंगे तो हमारा जीवन सफल हो जाएगा।

जीत की राह

एक युवक साइकिल से जा रहा था कि एकाएक उसकी साइकिल का पहिया रास्ते के बीचोबीच पड़े पत्थर से टकरा गया और अगले ही पल वह साइकिल से गिर पड़ा। युवक झुँझलाकर उठा और उस पत्थर की ओर देखकर गुस्से से भर उठा। उसे सड़क पर डालने वाले को गंदी-गंदी गालियाँ देने लगा। उसका गुस्सा अब भी सातवें आसमान पर था, उसने उस पत्थर के नजदीक जाकर उसे अपने पैर से तेज ठोकर मारी। चलती साइकिल से गिरने के कारण उसका शरीर पहले ही दुख रहा था और अब पत्थर को ठोकर मारकर उसने अपने पैरों को भी घायल कर लिया। वह लगातार उस पत्थर की ओर हिकारत से देखकर गालियाँ दिए जा रहा था। लेकिन ऐसा करने से न तो उस पत्थर को कोई फर्क पड़ रहा था, न ही उसे डालने वाले पर बल्कि वह युवक अपने मूड और अपनी जुबान को ही खराब किए जा रहा था। साथ ही साथ राह चलते देखने वाले लोग भी उसकी इस हरकत पर हँस रहे थे। वे भी उसकी हरकतों को देखकर और गंदी गालियों को सुनकर उसके प्रति अच्छी धारणा नहीं बना रहे थे। तभी उधर से गुजरता हुआ एक राही, जो उसकी सारी गतिविधियों को देख रहा था, करीब आकर बोला–"भैया! गलती तो तुम्हारी भी है। माना सड़क पर यूँ पत्थर फेंककर फेंकने वाले ने बहुत बड़ी गलती की है, लेकिन आपने भी बीच रास्ते पर पड़े इस पत्थर को अनदेखा करके गलती को और दोहरा दिया है।" युवक ने यह सुनकर उस राहगीर को भी अपशब्द बोलना प्रारंभ कर दिया। इस प्रकार अपनी ओछी हरकतों के द्वारा वह युवक सभी पर नकारात्मक प्रभाव छोड़ रहा था। उसकी आँखें तो असतर्क थीं ही लेकिन गाली-गलौज करके वह

अपनी बुद्धि की संकीर्णता का भी परिचय दे रहा था।

अकसर यही स्थिति हमारी भी होती है। हम अपनी संकीर्णताओं से बाहर निकलने की बजाय दूसरों में कमियाँ खोजते रहते हैं। हम स्वयं अपनी योग्यता को पहचानकर उसे पल्लवित करने के स्थान पर दूसरों के दोषों को कुरेद-कुरेदकर उनकी जड़ें काटने में अपनी क्षमताओं को बर्बाद करते रहते हैं। नतीजा यह होता है कि न तो परिस्थितियाँ ही बदलती हैं और न ही मनुष्य स्वयं अपना विकास कर पाता है। परिस्थितियाँ प्रकृति-प्रेरित होती हैं। मनुष्य उन पर अपना जोर नहीं चला सकता लेकिन यदि वह अपने गुणों के विकास में लग जाए तो विपरीत परिस्थितियों को भी अपने पक्ष में कर सकता है। यदि हम यह आशा करें कि दूसरे लोग हमारी सुविधा के लिए मार्ग प्रशस्त करेंगे तो यह सोच गलत है। सच तो यही है कि हर मनुष्य को अपने वजूद के लिए स्वयं ही प्रयास करने पड़ते हैं। दूसरे लोग उसे रास्ता ही दिखा सकते हैं किंतु उस रास्ते पर चलना और खुद को साबित करना उसका अपना दायित्व हो जाता है। उसे अपना प्रगति मार्ग स्वयं ही बनाना पड़ता है और राह में आने वाली ठोकर रूपी रुकावटों से खुद ही लड़ना होता है।

यदि यही साइकिल सवार सचेत होकर चलता तो पत्थर से नहीं टकराता और ऐसी स्थिति में उसकी चैतन्यता की जीत होती। वह अपशब्द न बोलता तो उसकी सहनशीलता की जीत होती और यदि वह अपने ही हाथों उस पत्थर को उठाकर सड़क के किनारे रख देता तो उसकी इंसानियत की जीत होती। और इन सबके अलावा एक और बड़ी बात होती कि आगे आने वाले लोगों का मार्ग प्रशस्त होता, वे उस ठोकर से बच सकते।

इस प्रसंग से यह सीख मिलती है कि हम प्रकृति और परिस्थितियों को नहीं बदल सकते। हम अपने व्यवहार और कार्यों के लिए ही जिम्मेदार होते हैं इसलिए हमारे लिए यही बेहतर है कि हम अपने व्यक्तिगत गुणों का विकास करें और अपने लिए जीत की राह आसान बनाएँ।

कोई काम छोटा-बड़ा नहीं होता

संसार में सभी मनुष्य एक समान हैं। यदि उनकी शारीरिक संरचनाएँ और क्रियाकलापों को देखा जाए तो अमूमन उनमें कोई स्थूल भेद नहीं होता है। ईश्वर ने सभी को दो हाथ दो पैर ही दिए हैं और सभी अंग एक प्रकार से ही कार्य करते हैं। इसके बाद भी समाज में जो सूक्ष्म भावनात्मक और वैचारिक भेद नजर आते हैं क्या वे धर्म, कर्म या जाति की देन हैं? वैदिक काल में समाज की गतिविधियों को सुचारु रूप से चलाने के लिए तथा सभी की समुचित भागीदारी पाने के लिए आश्रम-व्यवस्था और वर्ण-व्यवस्था का निर्माण किया गया। किंतु समय के साथ-साथ इसी वर्ण-व्यवस्था में समाज को चार वर्गों में बाँटकर एक गहरी खाई खींच दी। धीरे-धीरे यही वर्ण-व्यवस्था जाति-भेद में परिवर्तित हो गई और भेदभाव की खाई इतनी गहरी होती चली गई कि कभी न पट सकी। आज के दौर में भी तथाकथित उच्चवर्ग निम्नजाति के कामों को करने में अपनी तौहीन समझता है, फिर चाहे वे काम उसके खुद के ही क्यों न हों।

यह वाकया है—एक उच्चमध्यमवर्गीय परिवारों की कॉलोनी का। इस कॉलोनी के सेक्रेटरी स्वयं जाति से ब्राह्मण हैं और बड़े ही सहृदय इंसान हैं। एक बार इस कॉलोनी के सफाई कर्मचारी किसी कारणवश अवकाश पर चले गए जिससे साफ-सफाई की काफी समस्या उत्पन्न हो गई। अंदर के पार्कों में गंदगी का साम्राज्य हो गया। चूँकि सभी संभ्रांत परिवारों से थे अतः झाड़ू कौन हाथ में उठाता! लेकिन किसी न किसी को तो पहल करनी ही थी। सेक्रेटरी ने मीटिंग बुलाई और बढ़ती गंदगी की इस समस्या से बच्चों और बुजुर्गों को होने वाले नुकसान से सबको चेताया तथा सुझाव रखा कि एक-एक दिन निर्धारित करके हम सभी

मिलजुलकर बिना झिझक सफाई करने में एक दूसरे का सहयोग करें तो आधे घंटे में ही सारी गंदगी कॉलोनी से बाहर की जा सकती है। आपसी सलाह-मशवरा करने के बाद सभी राजी हो गए, लेकिन तय दिन और समय पर सेक्रेटरी साहब और एक-दो परिवारों को छोड़कर कोई भी बाहर नहीं आया। सभी को अपनी इज्जत का खतरा जो था और दूसरा तुर्रा यह कि हम ऊँची जाति के पैसे वाले लोग हैं और ये काम हमारी शान के खिलाफ है। सेक्रेटरी के चेहरे से वेदना साफ झलक रही थी लेकिन अब वे स्वयं पीछे नहीं हट सकते थे। अतः वे उन्हीं एक-दो परिवारों के साथ जो कि बेझिझक आ गए थे, मिलकर पार्क में झाड़ू लगाने लगे। हालाँकि उन्हें एहसास हो रहा था कि बाकी लोग उन्हें अपने-अपने घरों की खिड़कियों से देख रहे हैं, किंतु अपनी थोथी प्रतिष्ठा के बंधन नहीं तोड़ पा रहे हैं। बावजूद इसके सेक्रेटरी और वे चार-छः लोग मिलकर सफाई में डटे रहे। ...दो-चार मिनट बाद ही वहाँ जो दृश्य हुआ वह बड़ा ही सुखद और आत्मविभोर कर देने वाला था। हुआ यह कि जो परिवार बड़प्पन के कारण झाड़ू हाथ में नहीं लेना चाहते थे, उन्हीं के नौनिहाल हाथों में झाड़ू लिए एकजुट होकर चले आ रहे थे। अब तो सभी बच्चे उनके साथ जुट गए और आनन-फानन में पूरी कॉलोनी साफ हो गई।

मुझे यहाँ यह कहने में गर्व हो रहा है कि उन नन्हे-नन्हे हाथों ने एकजुट होकर एकता और अखंडता का संदेश दिया। इसी प्रकार हम सबका दायित्व है कि हम मानवता को सबसे बड़ा धर्म मानें और सभी कामों को स्वयं करना अपना दायित्व समझें। हर जाति-वर्ग को भाई-बंधु मानें। जिस दिन मनुष्य इन बातों का पालन करने लगेगा, सुंदर-सुगठित समाज का निर्माण हो उठेगा।

इस प्रसंग से यह सीख मिलती है कि कोई भी काम छोटा या बड़ा नहीं होता। हम अपनी संकीर्ण मानसिकता के चलते ऐसा भ्रम बना लेते हैं। यह सुखद है कि आने वाली पीढ़ी इस भेदभाव से ऊपर उठती जा रही है।

अटूट प्रेम

प्रेम एक बहुत ही सुंदर भाव है। प्रेम का पर्याय भी प्रेम ही है। आजकल सबसे अधिक विकृति प्रेम में ही देखने को मिलती है। प्रेम में संकीर्णता बढ़ती जा रही है। यह स्वच्छंद है, किसी व्यक्तिविशेष तक संकुचित नहीं रह सकता। प्रेम सतत है, प्रवाहमय है। यह निरंतर बहता रहता है। प्रेम सुंदरतम है और संसार की हर वस्तु और व्यक्ति में उसका अस्तित्व व्याप्त है। निःस्वार्थ प्रेम में ईश्वर का वास है या यूँ कहें कि ईश्वर भी प्रेम ही है।

ईश्वर सबसे सुंदर है। वह सर्वव्यापी है। मनुष्य को ईश्वर से प्रेम करना चाहिए। किंतु प्रेम करना सहज नहीं है। जब प्रेमी अपनी सुध-बुध बिसराकर अपने प्रियतम के साथ एकाकार हो जाए तभी प्रेम संभव है। यदि प्रेम की ऐसी पराकाष्ठता ईश्वर के साथ उत्पन्न हो जाए तो मनुष्य के जीवन का कल्याण हो जाता है। प्रेम का ऐसा अनुपम उदाहरण राधा-कृष्ण की जोड़ी में देखने को मिलता है।

वैष्णव ग्रंथों में एक दृष्टांत आता है–

राधा ने जन्म लेने के बाद भी अपनी आँखें नहीं खोलीं क्योंकि वे श्री कृष्ण के अतिरिक्त किसी और को देखना ही नहीं चाहती थीं। राधा का हृदय तो कृष्णमय था। उनका मानना था–'कृष्ण ही परम प्रिय और परम सुंदर हैं। उनके अतिरिक्त इस संसार में और कुछ भी नहीं है जो देखने लायक हो।' कुछ समय पश्चात् श्री कृष्ण ने भी जन्म ले लिया और एक दिन माँ यशोदा अपने नन्हे कान्हा को लेकर वृषभानु जी के महल में पहुँची। नन्हे कान्हा ने खेल के बहाने वृषभानु दुलारी के नेत्रों में अपनी उँगलियाँ फिरा दीं और राधिका ने उसी क्षण अपनी

आँखें खोल दीं।

यह प्रेम का उत्कृष्ट उदाहरण है। ऐसा प्रेम कभी-कभी ही देखने को मिलता है। यह नि:स्वार्थ और अटूट प्रेम है जो वर्णनातीत है। जब भक्त अपने ईश्वर से ऐसा अटूट प्रेम करने लगता है, तब ईश्वर स्वयमेव उसके निकट पहुँच जाते हैं। ऐसे प्रेमी भक्त की ओर ईश्वर स्वयं अपने हाथ बढ़ाते हैं और उसे सदा-सदा के लिए अपना बना लेते हैं।

निष्ठा, प्रेम, भक्ति सर्वोत्तम भावनाएँ हैं। यह समर्पण सिखाती हैं। जो व्यक्ति इन्हें अपने जीवन में उतार लेता है, उसका जीवन सरल, सरस और सुंदर बन जाता है। ईश्वर किसी मूर्ति या किसी खास संत-महापुरुष के भीतर नहीं है, वह तो हम सबके भीतर है। आवश्यकता है तो बस इस बात को जानने और मानने की। जो लोग इस तथ्य को समझ जाते हैं, उनके जीवन में फिर कोई भटकाव शेष नहीं रहता।

इस प्रसंग से यह सीख मिलती है कि प्रेम सबसे सुंदरतम भाव है। यह जीवन में सरसता, सरलता और सौंदर्य का संचार करता है।

निष्काम-भक्ति

भक्ति के दो प्रकार माने गए हैं—एक सकाम-भक्ति, दूसरी निष्काम-भक्ति। जब भक्त के भीतर कामना अर्थात् इच्छाएँ विद्यमान रहती हैं तो उसे सकाम-भक्ति कहते हैं। निष्काम-भक्ति का दर्जा सकाम-भक्ति से बहुत ऊपर है। सकाम-भक्त ईश्वर के साथ किसी न किसी लालसा को लेकर ही जुड़ा रहता है। वह हमेशा अपनी माँगों को ही पूरा करवाना चाहता है। अपने चढ़ावे या पूजा-पाठ के बदले कोई न कोई मनौती माँगता है। इस प्रकार से की गई भक्ति स्वार्थ के दायरे में आती है। और जहाँ स्वार्थ हो वहाँ निश्छल प्रेम और अटूट विश्वास नहीं हो सकता।

ईश्वर की आराधना किसी लक्ष्य-विशेष को साधने के लिए या किसी इच्छित-फल की प्राप्ति को ध्यान में रखकर की जाए तो ऐसी भक्ति को सकाम-भक्ति कहते हैं। इसके विपरीत, जब भक्त ईश्वर के प्रेम और ध्यान में आकंठ डूब जाए और उस निष्कामी-भक्त के भीतर कोई भी कामना शेष न रहे तो उसे निष्काम-भक्ति कहते हैं। निष्काम-भक्ति को ही अहेतुकी-भक्ति भी कहते हैं—अर्थात् 'कोई हेतु शेष न रहना।' 'तुम प्रेम करो या न करो, मैं तो हर हाल में तुमसे ही प्रेम करता हूँ और सदैव करता ही रहूँगा'—इसी का नाम अहेतुक-प्रेम है। जब भक्त के हृदय में ईश्वर के प्रति प्रगाढ़तम प्रेम उत्पन्न हो जाता है तब ही उसे ईश्वर का साक्षात्कार और सान्निध्य सुख प्राप्त होता है। प्रेम की प्रगाढ़ता प्रेमी को अपने प्रियतम के निकट तक पहुँचा देती है। निष्काम-भक्त और निष्कपट-प्रेमी सहज ही ईश्वर के सान्निध्य को प्राप्त कर लेता है।

निष्काम-भक्त हर हाल में ईश्वर का सान्निध्य और प्रेम चाहता है।

उसके लिए सांसारिक वस्तुओं की कोई अहमियत नहीं होती, वह ईश्वर से तुच्छ लालसाओं और मिथ्या वस्तुओं की माँग नहीं करता। उसके प्रभु उसे जिस भी हाल में रखते हैं, वह प्रसन्न रहता है। वह सिर्फ कर्म करता है, परिणाम ईश्वर को समर्पित करता चलता है।

इस प्रसंग से यह सीख मिलती है कि ईश्वर-भक्ति दो प्रकार से की जाती है, एक किसी कामना की पूर्ति को लेकर और दूसरी बिना कामना के। निष्काम-भक्त का दर्जा सकाम-भक्त से काफी ऊपर है।

माँ का कोई विकल्प नहीं

मैंने जब-जब सोचा कि माँ पर कुछ लिखूँ
तो आसमान मेरे आगे सिमट आया
और बोला–'लिखो न'
...और मैंने लिखा–"माँ के जैसा विस्तार नहीं।"
मैंने जब सोचा कि माँ पर कुछ कहूँ
तो सागर मेरे आगे लहरा उठा
और बोला–'कुछ कहो न'
...और मैंने जाना–"माँ से गहरा कोई भी नहीं।"
मैंने अकसर सोचा कि माँ को सोचूँ
तो हिमालय मेरे आगे आ बैठा और बोला–'क्या सोचते हो?'
...और मैंने पाया–"माँ जैसा कोई विशाल नहीं।"

क्या लिखूँ इस माँ पर!! माँ क्या है? माँ एक भाव है, माँ रस है, जीवन का गद्य है, खुशियों का काव्य है। माँ क्या है? कभी संगीत है तो कभी नाद, कभी श्लोक है तो कभी मंत्रोच्चार। माँ के अलग-अलग रूप जरूर हैं परंतु सबका अंतर्मन एक-सा है। दुनिया की हर माँ एक-सी ही है। ये एक माँ का ही जज्बा है कि वह नौ महीने अपने शिशु को गर्भ में रखती है और उस गर्भावस्था में भी कष्ट की बजाय जीवन के सुख का आनंद लेती है। भयानक प्रसव पीड़ा जिसे देखकर कोई भी सहम जाए, उस पीड़ा को भी अपने बच्चे का मुँह देखते ही भूल जाती है। वह खुद गीले बिस्तर पर सोती है लेकिन अपनी संतान को सूखे पर ही सुलाती है। जीवन की कड़ी धूप में अपने आँचल को फैलाकर उसे छाया देती

रहती है। बच्चे के रोने पर रो देती है और हँसने पर खुश हो जाती है। बचपन में रात-रात भर जागकर उसे सुलाया करती है, बड़े हो जाने पर दिन भर तरक्की की दुआएँ माँगती रहती है। अपने बच्चे की सफलता पर झूम उठती है और उसकी बीमारी में खुद भी बीमार और उदास सी हो जाती है। यह कहना अतिशयोक्ति न होगी कि माँ की ममता की छत्रछाया में ही सारा संसार पल्लवित होता है। हमारी सनातन संस्कृति में कहा जाता है कि सृष्टिकर्ता त्रिदेव हैं। ब्रह्मा जी ने सृष्टि की रचना की, विष्णु जी उसका पालन करते हैं, और शिव जी संहारक हैं। मेरा मानना है कि माँ भी सृष्टिकर्ता ही है। वह किसी भी मायने में त्रिदेवों से कमतर नहीं। वह अपने शिशु के रूप में रचनाकर्ता है, उसे पाल-पोस कर बड़ा करती है अतः पालक है और उसे गलतियों के लिए दंड देती है एवं कठोर होकर सही राह दिखाती है। सभी महान् लोग माँ के ही गुणों का गान करते हैं। डॉ. अब्दुल कलाम आजाद ने अपनी पुस्तक 'अग्नि की उड़ान' भी अपनी माँ को समर्पित की थी और उसमें लिखी कविता की कुछ पंक्तियाँ माँ के लिए–

तेरी उँगलियों ने
निथारा था दर्द मेरे बालों से
और भरी थी मुझमें
अपने विश्वास की शक्ति
निर्भय हो जीने की
जिया मैं
मेरी माँ!

माँ इस संसार का वो अनोखा प्राणी है जो प्यार और ममता से भरा हुआ है फिर चाहे वो मानव योनि में हो या पशु योनि में। चिड़िया भी अपने बच्चे को एक-एक दाना लाकर खिलाती है। गाय को तो संज्ञा ही माँ की दी गई है। माँ की कोई उपमा नहीं है। माँ की उपमा भी माँ ही है। इस संसार में किसी का भी ज्ञान प्राप्त करने के लिए परिभाषा या उदाहरणों का सहारा लिया जाता है। किंतु ये 'माँ' शब्द ऐसा अनूठा

है कि न तो इसकी कोई परिभाषा ही बनी है और न ही इसका कोई उदाहरण बना।

एक बार स्वामी विवेकानंद से उनके एक शिष्य ने पूछा–"गुरुवर! माँ की महिमा का इतना गुणगान क्यों किया जाता है?" स्वामी जी ने जवाब दिया–"पाँच सेर वजन का एक पत्थर ले आओ।" वह पत्थर ले आया। स्वामी जी ने कहा–"इसे किसी कपड़े में लपेटकर अपने पेट पर चौबीस घंटे तक बाँधकर रखना और फिर कल इसी वक्त मेरे पास आना। मैं तुम्हारे प्रश्न का उत्तर दूँगा।" शिष्य ने ऐसा ही किया और कुछ ही समय में वह उस पत्थर के बोझ से दुखी हो उठा किंतु गुरुदेव की आज्ञा का पालन तो करना ही था। पूरे चौबीस घंटे के बाद वह स्वामी जी के पास गया और विनती करने लगा कि "अब मैं इस पत्थर को और नहीं सह सकता। कृपया आप मेरे प्रश्न का उत्तर जल्दी दें।" स्वामी जी ने हँसते हुए कहा–"यही तो माँ की महिमा है। तभी उसका गुणगान होता है। हम पुरुष एक दिन जिस बोझ को नहीं सह सकते, माँ उसे पूरे नौ माह तक सहती है और वो भी खुशी-खुशी।" शिष्य नतमस्तक हो गया।

जब हम जिंदगी की कटीली राहों में चलते-चलते थक जाते हैं तो माँ का वात्सल्य भरा स्पर्श मखमली अहसास देता है। माँ में ही ईश्वर भी समाया हुआ है तभी तो जब भी हम तकलीफ में होते हैं तो ईश्वर को पुकारते हैं और जैसे ही कोई ठोकर लगे या काँटा चुभ जाए तो अकस्मात् मुँह से जो आवाज निकलती है वो 'माँ' ही होती है। काँटों भरी राह में फूलों का अहसास माँ की गोद में ही मिलता है। वह अपने स्नेह से हमारे जीवन को खुशहाल बनाती है तो हमारे भले के लिए ही कभी-कभी सख्त भी हो जाती है। वह निःस्वार्थ भाव से अपने बच्चों को खुशियों का उपहार देती। अपने सुख-दुःख का खयाल न रखकर बच्चे को बेहतर इंसान बनाने में प्रयत्नशील रहती है।

हमारे जीवन की प्रथम गुरु और ममतामयी माँ के लिए एक ही दिन का सम्मान पर्याप्त नहीं। जो माँ अपना पूरा जीवन हमारे नाम करती

है उसे हर रोज, हर क्षण कोटि-कोटि प्रणाम है। माँ का कोई विकल्प नहीं क्योंकि माँ से बढ़कर कुछ भी नहीं।

इस प्रसंग से यह सीख मिलती है कि माँ सिर्फ माँ है-शब्दातीत ...वर्णनातीत। माँ का कोई और न तो नाम हो सकता है और न ही विकल्प। माँ ईश्वर है और उसके कर्ज को किसी भी तरह से नहीं चुकाया जा सकता।

एकाग्रचित्तता

परमात्मा की अनुभूति प्राप्त करने के लिए एकाग्रचित्तता परम आवश्यक है। अपने चित्त को एकाग्र कर लेने की क्षमता रखने वाला मनुष्य ही उस परम तत्त्व की अनुभूति कर पाता है। जिसका मन बार-बार भटकता हो या जो परमात्मा के साथ अपना ध्यान न जोड़ पाता हो, उसे उनका सान्निध्य नहीं मिल सकता। हमारे समाज में पूजा, पाठ, व्रत, उपवास, तीर्थ, जप, तप, अनेक धार्मिक अनुष्ठान प्रचलित हैं। भक्त ईश्वर के अनेक रूपों को नाना प्रकार से पूजता है। उसकी कृपा पाने हेतु भजन-कीर्तन करता है। माला फेरना, रात्रि जागरण करना, अखंड पाठ इत्यादि परमात्मा की अनुभूति प्राप्त करने के लिए किए गए प्रयास हैं। किंतु सत्य तो ये है कि जैसे-जैसे उसे परमात्मा के अस्तित्व का बोध होता जाता है, वैसे-वैसे ही वह इन सभी कर्मों से मुक्त होता जाता है। उस भक्त को किसी मूर्ति, मंदिर, व्रत, तीर्थ की आवश्यकता नहीं रह जाती। ये सब उसके ध्यान को केंद्रित करने के माध्यम मात्र हैं।

जैसे–भँवरा भाँति-भाँति के पुष्पों पर गुंजार करता है। वह कभी किसी पुष्प पर बैठता है तो कभी किसी, जब कि हर पुष्प सरस होता है। आखिरकार जब वह किसी एक पुष्प पर टिक जाता है, तब उसकी गुंजार समाप्त हो जाती है। फिर वह कोई शोर नहीं करता; चुपचाप रसपान करने लगता है। यही स्थिति जीव की भी है। वह भँवरे की भाँति विभिन्न देवी-देवताओं, धर्म-संप्रदायोंरूपी पुष्प पर आकर्षित होता रहता है। भ्रमवश बाहरी धर्म-कर्मरूपी आडंबर का गुंजार करता रहता है। किंतु जैसे ही एकाग्रचित्त होकर अपने ही भीतर परमात्मा के विराट् स्वरूप का अनुभव प्राप्त कर लेता है, वैसे ही उसकी निकटता और

अनुभूति का रसपान करने लगता है, फिर कोई भटकाव और गुंजार शेष नहीं रहता। हमें धर्म की गहराई में उतरकर उसके मर्म और मूल सिद्धांतों को समझना चाहिए। धर्म का ध्येय भटकाव पैदा करना नहीं अपितु आत्मावलोकन करवाना है।

इस प्रसंग से यह सीख मिलती है कि जो मनुष्य धर्म के मर्म को समझ जाते हैं, वे सभी बाह्य आडंबरों से मुक्त हो जाते हैं। उनका हृदय स्वयं एक मंदिर बन जाता है और वे जहाँ भी बैठकर अपने परमात्मा को पुकारते हैं वहीं तीर्थ उतर आते हैं।

बुरा जो देखन मैं चला

बुरा जो देखन मैं चला, बुरा ना मिलिया कोय!
जो दिल खोजा आपना, मुझ-सा बुरा ना कोय!!

यह मनुष्य की प्रवृत्ति है कि वह स्वयं को छोड़ संसार के प्रत्येक जीव और वस्तुओं में बुराई खोजता रहता है। यदि वह खुद के भीतर बुराइयाँ खोजने का प्रयास करे तो यह संसार उसके लिए सुखद बन जाए। बुराई का कोई अंत नहीं है, मानो तो यह कण-कण में विद्यमान है और न मानो तो कहीं भी नहीं, सिवाय एक भ्रम के।

एक संत अपने शिष्यों के साथ जा रहे थे। रास्ते में एक शराबी मिला। वह झूमते हुए संत के पास आकर खड़ा हो गया और बोला–"आप सभी को उपदेश देते हैं कि शराब मत पियो, ये बुरी चीज है। लेकिन आप अन्न और फल को बुरा नहीं कहते। अगर ये अच्छे हैं तो इन्हीं से बनने वाली शराब कैसे बुरी हो सकती है?" शिष्य हैरत से देखने लगे कि संत इस बात का क्या जवाब देंगे। संत ने मुस्कराकर कहा–"अगर कोई तुम पर एक गिलास में पानी भरके फेंक के मारे तो क्या तुम्हें चोट लगेगी?" शराबी ने कहा–"नहीं, बिलकुल भी नहीं।" संत ने कहा–"अगर कोई थोड़ी सी मिट्टी उठाकर तुम्हें मारे तो क्या तुम घायल हो जाओगे?" शराबी ने फिर सिर हिलाते हुए कहा–"नहीं, नहीं।" संत ने आगे पूछा–"अब अगर कोई उसी मिट्टी और पानी को मिलाकर तुम पर फेंके तो क्या तुम्हें चोट लगेगी?" शराबी ने कहा–"हाँ! उससे तो मैं घायल हो सकता हूँ।" संत ने समझाते हुए कहा–"इसी तरह अंगूर और चावल अपने आप में बुरे नहीं हैं लेकिन यदि इन्हें मिलाकर सड़ा दिया जाए और शराब बनाकर सेवन किया जाए तो ये चीजें भी मनुष्य के स्वास्थ्य

के लिए हानिकारक बन जाती हैं।" संत की इस बात का शराबी पर गहरा असर पड़ा और उस दिन से उसने शराब छोड़ दी।

इस प्रकार यदि अपनी स्थूल बुद्धि के फेर में न आकर सूक्ष्म बुद्धि से सोचा जाए तो हम जानेंगे कि अपनी विकृति के चलते कोई भी व्यक्ति या वस्तु हमारे भीतर भी विकार पैदा कर सकती है। मित्रता मधुर संबंध है किंतु यदि दुर्गुणी से मित्रता की जाए तो पतन अवश्यंभावी है। इसी प्रकार एक ओर जो फल और अन्न हमें शक्ति प्रदान करता है वही दूसरी ओर अपने विकार के चलते हमारी बौद्धिक शक्ति का ह्रास भी कर सकते हैं।

इस प्रसंग से यह सीख मिलती है कि हम इंसान हर किसी में बुराई ही खोजते रहते हैं और उन्हीं का ढिंढोरा पीटते रहते हैं जब कि उसके बेहतर पक्ष भी हैं। हमें दोनों पहलुओं पर विचार करना चाहिए और बुराई को दरकिनार करके उसकी अच्छाइयों पर ध्यान केंद्रित करना चाहिए।

मनोबल न खोएँ

हम अपने जीवन में अनेक सपने सजाते हैं। अनेक इच्छाएँ पैदा करते हैं और बड़े-बड़े लक्ष्य बनाते हैं। अपनी इच्छाओं और लक्ष्यों को पूरा करने के लिए अनेकानेक प्रयत्न भी करते हैं। उनके लिए योजनाएँ बनाते हैं और जी-जान से जुट जाते हैं किंतु विडंबना ये है कि अकसर हम किसी भी काम के पूरा होने में अधिक समय लगता देखकर निराश हो उठते हैं और अपनी उन योजनाओं को बीच में ही छोड़ देते हैं। कहीं न कहीं हम नकारात्मकता से भर उठते हैं और अपने प्रयास बंद कर देते हैं। यह निराशा और नकारात्मक सोच ही हमारी सफलता की राह की सबसे बड़ी बाधा है।

काफी साल पहले मैंने एक किस्सा सुना था जो कुछ यूँ था–

एक व्यक्ति था। वह बहुत ही परिश्रमी था। उसने अपने पूरे जीवन के लिए अनेक योजनाएँ बना रखी थीं और उन्हें पाने के लिए भरसक प्रयास भी करता था लेकिन उसकी एक बड़ी कमजोरी थी कि वह बहुत जल्द ही निराश हो जाता था। इसी निराशा के चलते वह अनेकानेक कार्यों को आजमाता रहा। किंतु धैर्य और सकारात्मकता का अभाव होने के कारण वह जल्द ही पुराने काम को बीच में ही छोड़ नए कामों पर हाथ आजमाने लगता और इसी प्रकार दिन गुजरते गए। एक रोज उसकी मृत्यु हो गई और वह अपनी अनेक अधूरी इच्छाओं के साथ दुनिया से विदा हो गया। जब वह स्वर्ग पहुँचा तो देवदूत उसे एक कमरे में ले गए जहाँ वे सभी चीजें बड़े ही करीने से सजी रखी थीं, जिन्हें पाने की इच्छा वह धरती पर किया करता था। उसने देवदूत से पूछा–"क्या ये सब मेरे लिए हैं?" देवदूत ने उत्तर दिया–"जी हाँ! ये सारी चीजें

आपकी ही हैं। ये वे ही चीजें हैं जिन्हें आप पाना चाहते हैं।" "...तो ये सब आपने मुझे जीते-जी ही धरती पर ही क्यों नहीं दीं!" "जब आप इच्छा करते थे तो हम बनाना शुरू कर देते थे और फिर हम जैसे ही आपको देने वाले होते थे कि आप उसे पाने का खयाल छोड़ कुछ और चाहने लगते थे। ...फिर हम आपके लिए उस दूसरी चीज को बनाने में जुट जाते थे। इस प्रकार कुछ चीजें तो हम आपको दे पाए और कुछ नहीं दे पाए, सब यहीं इकट्ठी होती गईं। ये सब आपकी ही हैं, आप इनका इस्तेमाल कीजिए।"

मित्रो! ये एक काल्पनिक कथा है। दूसरी दुनिया का सच हम नहीं जानते। लेकिन इस दुनिया के सच से हम सब बखूबी परिचित हैं। और यह सच है कि जब हम अपने भीतर किसी भी तरह की इच्छा पैदा करते हैं तो हमारी सारी शक्ति, सोच, प्रकृति, गतिविधियाँ उसे प्राप्त करने के लिए उद्यत हो उठती हैं। आवश्यकता है तो बस हमारे अपने 'मनोबल' की। यदि हम पूरे जोश और लगन के साथ किसी काम को करने में जुट जाएँ तो वह काम अवश्य ही पूरा होता है जब कि थककर या निराश होकर उस काम को बीच में ही छोड़ दें तो असफलता ही हाथ लगती है। वैसे ही यदि हम कोई ख्वाहिश पैदा करें तो उसे पाने के लिए अपनी पूरी निष्ठा और शक्ति लगा दें तो कोई कारण नहीं कि वो हमें न मिले। हम कभी भी न तो निराश हों और न ही हताश। हमारी लगन और आत्मबल ही हमारे भीतर वो उत्साह और शक्ति पैदा करता है जो कठिन से कठिन काम को भी पूरा करते हैं।

इस प्रसंग से यह सीख मिलती है कि किसी भी स्थिति में अपना मनोबल नहीं खोना चाहिए। मनोबल वो आंतरिक शक्ति है जो हमारे कार्यों को पूरा और सफल बनाने के लिए बेहद आवश्यक है। इस शक्ति के द्वारा बड़े-बड़े और मुश्किल काम भी पूरे होते देखे गए हैं।

अपना दृष्टिकोण बदलें

हमारा जीवन हमारे अपने दृष्टिकोण पर निर्भर करता है। जैसा हमारा दृष्टिकोण होता है, वैसा ही हमारा जीवन भी बन जाता है। अकसर देखा जाता है कि जो लोग खुशमिजाज होते हैं, हर वक्त मुस्कराते रहते हैं और सकारात्मक सोच रखते हैं। वे विकट से विकट परिस्थिति में भी अपना संयम नहीं खोते और बड़ी ही सूझ-बूझ के साथ हर स्थिति का सामना करते हैं। ऐसे लोग किसी भी घड़ी में हार नहीं मानते और संकटों से जूझने का माद्दा भी इनके भीतर ज्यादा होता है। जब कि इसी के विपरीत जो लोग हर वक्त नकारात्मक सोच रखते हैं, वे हमेशा अपनी परिस्थितियों को ही कोसते रहते हैं। उनके मुताबिक 'जीवन में सब बुरा ही बुरा होता है। ...और सर्वाधिक बुरा उन्हीं के साथ ही होता है।' ऐसे लोग बड़ी ही कुशलता से हर काम के पीछे की बुराइयाँ और उनके कारण भी खोज निकालते हैं। सच तो ये है कि ऐसे लोग कभी भी किसी भी व्यक्ति या परिस्थिति से संतुष्ट नहीं होते, ये कभी भी अधिक समय तक प्रसन्न नहीं रह पाते। इनके अनुसार 'हम दुनिया के सबसे निरीह जीव होते हैं और हर ज्यादती हमारे साथ ही होती है।' इस तरह के लोग सबको खुश देखकर भी दुखी होते हैं। इन्हें अपना दुःख सबसे बड़ा प्रतीत होता है। उनकी नकारात्मक प्रवृत्ति इन्हें हर स्थिति में बुराइयाँ ही खोजने पर मजबूर किए रहती है।

एक वाकया है–

दो मित्र थे और दोनों ही एकदम विपरीत स्वभाव के। एक बार वे दोनों खेतों के रास्ते से कहीं जा रहे थे। उन्होंने देखा कि दूर बेलों पर अंगूर लटके हुए हैं। अंगूर बेहद रसीले नजर आ रहे थे। दोनों दोस्तों के

मुँह में पानी आ गया। एक ने आसपास नजर दौड़ाई और उन्हें तोड़ने की जुगत भिड़ाने लगा। दूसरा ललचाई नजरों से अंगूरों की ओर देख रहा था। उससे रहा नहीं गया और अपने स्वभाव के अनुसार बड़बड़ाने लगा–"देखो! इस प्रकृति को भी!! कितनी निर्दयी है। इतने रसीले अंगूर और वो भी इतनी दूर लगा दिए। क्या विडंबना है, खरबूज इतने बड़े-बड़े होते हैं तब भी वे बेलों पर नीचे ही लटकते रहते हैं जब कि ये अंगूर एकदम छोटे-छोटे हैं और इन्हें हमारी पहुँच से इतनी दूर लटका दिया।" वह लगातार बड़बड़ाए जा रहा था जब कि पहला मित्र उसकी नकारात्मक बातें सुनकर भी मुस्करा रहा था और अंगूरों को पाने की कोशिश में लगा हुआ था। वह फिर बड़बड़ाया–"अगर ये नीचे लगे होते तो क्या फर्क पड़ता!!" तभी अंगूरों का एक गुच्छा उसके सिर पर आकर गिरा। दूसरा मित्र जोर से हँसा और फिर उससे बोला–"देखा, इसीलिए प्रकृति ने खरबूजे को अकेला और नीचे लटकाया, जब कि अंगूरों को झुंड में और ऊपर लटकाया। अगर अभी तुम्हारे सिर पर इन अंगूरों की जगह तरबूजों का गुच्छा आ गिरता तो...?"

इसी प्रकार से हमारा स्वभाव होता है। हम हर वक्त दोषारोपण में अपना समय नष्ट करते रहते हैं जब कि जीवन में समय ही तो सबसे कीमती है। यदि हम सकारात्मक सोच रखें तो हमारा आधा कार्य तो यूँ ही पूरा हो जाता है। हमारी निगेटिव सोच हमारे दिमाग को सुप्त कर देती है। इसके बाद हम कुछ और सोच ही नहीं पाते; बस बुराइयों में ही उलझकर रह जाते हैं।

इस प्रसंग से यह सीख मिलती है कि कुछ भी बदलने से पहले हमें खुद को बदलना होगा। प्रकृति ने हर चीज, हर नियम हमारे भले के लिए ही बनाए हैं किंतु लाभ तभी मिल पाएगा जब हम अपना दृष्टिकोण बदलेंगे।

कभी 'तुलना' न करें

मनुष्य ऐसा प्राणी है जो सदैव तुलना ही करता रहता है। कभी वह लोगों की आपस में तुलना करता है तो कभी अन्य लोगों से खुद की तुलना करता है। तुलना करना हमारे नैसर्गिक गुणों में से एक है। हमें बचपन से ही तुलना करना सिखाया जाता है। माता-पिता बच्चे के बाल्यकाल से उसके पढ़ने-लिखने, व्यवहार, आचरण आदि को लेकर उसकी तुलना दूसरे बच्चों से करते रहते हैं। समाज के लोग भी असफल व्यक्तियों की तुलना सफल व्यक्तियों से करके अपने दायित्व की पूर्ति करते हैं। पति-पत्नी भी एक दूसरे की तुलना दूसरों के साथ करके अपना ही जीवन दुरूह बना लेते हैं। यह 'तुलना' करने की प्रवृत्ति ही ईर्ष्या को जन्म देती है। हमारी तुलना कर करके हमें बचपन से ही तुलना करने के लिए प्रशिक्षित कर दिया जाता है। ...लेकिन यदि हम तुलना करना छोड़ दें तो ईर्ष्या की आदत भी समाप्त हो जाएगी और जीवन सरल हो जाएगा। हमें यह विश्वास रखना चाहिए कि हर व्यक्ति खुद में बेस्ट है। सभी के भीतर कोई न कोई नैसर्गिक गुण है। एक ही माता-पिता के दो बच्चों में भी अलग-अलग गुण होते हैं। यदि बच्चे जुड़वाँ भी हों तो शक्ल-सूरत अवश्य मिल जाती है किंतु स्वभाव और विचारों में भेद होता है। हमें कभी भी लोगों की आपस में तुलना नहीं करनी चाहिए। हर व्यक्ति में कमियों के साथ-साथ अपना विशिष्ट गुण भी होता है। हो सकता है कि जिस कार्य में एक व्यक्ति कुशल हो उसमें दूसरा अनाड़ी हो किंतु दूसरे व्यक्ति में भी कुछ विशेष गुण जरूर होंगे जो पहले में नहीं होंगे। सभी का आकलन एक समान नहीं कर सकते। इसी प्रकार हमें खुद को भी किसी से कम या ज्यादा नहीं समझना चाहिए। यदि

हम खुद को कमतर करके आँकेंगे तो हमारे भीतर हीन भावना बढ़ेगी और यदि सामने वाले को कम करके देखेंगे तो अभिमानी हो उठेंगे और भविष्य में यही अभिमान हमारे विकास में रुकावट बनेगा।

कोई भी व्यक्ति सर्वगुणसंपन्न नहीं होता। सभी में अनेक गुणों और अवगुणों का मिश्रण होता है। इसीलिए हमें 'तुलना' करने की बजाय 'क्षमता' को पहचानना आना चाहिए और क्षमताओं में निखार लाना चाहिए। अपनी कमजोरी पर रोना और दूसरों की तुलना में खुद को कम करके देखना अपने ही साथ अन्याय है। अंततः हम अपने लिए ही उत्तरदायी हैं। हमें दूसरों के गुण-दोषों की समीक्षा करने की बजाय अपने सुधार की ओर ध्यान देना चाहिए। यदि हम अच्छे हो गए तो सब अपने आप ही अच्छे हो जाएँगे। इसीलिए अपनी तुलना खुद से ही करें दूसरों से नहीं। अपनी तुलना खुद से ही करने से अपने ही अवगुणों का नाश और गुणों में वृद्धि होती है। दूसरों से करने पर सिवाय निराशा, हताशा और परेशानी के कुछ हासिल नहीं होता।

इस प्रसंग से यह सीख मिलती है कि हमें अपनी या किसी भी व्यक्ति की तुलना नहीं करनी चाहिए। जो गुण मौजूद हैं उन्हीं को और अधिक निखारना चाहिए, अवगुणों को समाप्त करना चाहिए।

जीवनपर्यंत कुछ न कुछ सीखते रहना चाहिए

जीवन में 'सीख' का अंत कभी नहीं होता। 'सीखने' का सिलसिला जीवन-पर्यंत चलता रहता है। जिस घड़ी से सीखना बंद हो जाता है, उसी घड़ी से विकास भी थम जाता है। दरअसल हमारा जीवन एक पुस्तक की तरह है और हर रोज सीखे गए अनुभव उस जीवनरूपी पुस्तक के एक-एक अध्याय की तरह है। जीवन में सीखने का कोई अंत नहीं है। हम पूरी जिंदगी सीखते रहें तब भी ज्ञान के स्रोत खत्म न होंगे। हमारे जीवन की किताब में बचपन से लेकर अंतिम साँस तक हर रोज एक नया पाठ जुड़ता जाता है और चेतना को जगाता जाता है।

यह तब की बात है जब ग्रीक दार्शनिक सुकरात कारावास में थे। सुकरात के लिए यह प्रसिद्ध था कि वे अपने आसपास के वातावरण और लोगों से कुछ न कुछ सीखते रहते थे। एक बार उन्होंने ध्यान दिया कि उनका एक साथी कैदी बहुत ही कठिन धुन को बड़ी ही सरलता से अपनी मीठी आवाज में गा रहा है। वे उसके इस हुनर को अकसर देखते रहते। एक दिन एलान कर दिया गया कि कल सुकरात को फाँसी दे दी जाएगी। अपनी फाँसी की खबर से उन्हें जरा भी शिकन न हुई बल्कि वे उस साथी कैदी के गीत को ध्यानपूर्वक सुनते रहे। फिर उसके करीब जाकर बोले—"मुझे भी ये संगीत सिखा दो। तुम कितनी आसानी से इतने कठिन सुर को गा लेते हो! मैं भी ये सुर सीखना चाहता हूँ।" उस कैदी व्यक्ति ने आश्चर्य प्रकट करते हुए कहा—"अब आप क्या करेंगे इस सुर को सीखकर, कल तो आपको सजा दे दी जाएगी!" इस

पर सुकरात ने मुस्कराते हुए उत्तर दिया– "...लेकिन मैं फिर भी सीखना चाहता हूँ। मैं चाहता हूँ कि मुझे इस बात की तसल्ली हो कि मैंने अपने जीवन के एक भी दिन को जाया नहीं किया बल्कि अपनी अंतिम साँसों तक अच्छी चीजें सीखता रहा।"

सदैव कुछ न कुछ सीखते रहना और अपने व्यक्तित्व को निखारते रहना भी एक आदत की तरह है। हर व्यक्ति इस आदत को नहीं अपना सकता। सच तो यह है कि लोग थोड़ा-बहुत सीख जाने के बाद अहंकार से इस कदर भर उठते हैं कि अपने से छोटों से कुछ भी सीखने में अपना अपमान समझते हैं। समझदार मनुष्य इस तुच्छ मानसिकता से ऊपर उठ चुके होते हैं। उनका मकसद सिर्फ और सिर्फ सीखना ही होता है अतः वे हर छोटे-बड़े से ज्ञान लेते चलते हैं। 'सीखने' की दिशा में अभिमान सबसे बड़ा रोड़ा है। अभिमानी व्यक्ति अपने अहं के कारण कुछ भी नहीं सीख पाता और उसके व्यक्तित्व का विकास अवरुद्ध हो जाता है। अतः अपनी लगन को जगाकर निरंतर कुछ न कुछ सीखते रहने वाला व्यक्ति सदैव हीरे के समान दमकता रहता है।

> इस प्रसंग से यह सीख मिलती है कि 'सीखना' जीवनपर्यंत चलने वाली प्रक्रिया है। मनुष्य को अपने अहंकार को भुलाकर नित नया सीखते रहना चाहिए ताकि उसके व्यक्तित्व में निरंतर निखार आता जाए।

जीवन और संघर्ष

जीवन में संघर्ष बहुत आवश्यक है। संघर्ष करने से मनुष्य के व्यक्तित्व में निखार आता है। जिस प्रकार सोना तपाए बिना जेवर आदि बनाने के प्रयोग में नहीं लाया जा सकता उसी प्रकार संघर्ष के बिना जीवन में भी आत्मविश्वास और सफलता नहीं प्राप्त की जा सकती। छोटी-बड़ी तकलीफें, कुछ कठिनाइयाँ, पराजय, कष्ट ये सब हमें जीवन में और बेहतर करने के लिए प्रेरित करते हैं। यदि हमारे जीवन में हार और कष्ट नहीं होगा तो हम अनुभवहीन रह जाएँगे। ऐसे में हम आयु तो पार करते जाएँगे लेकिन अनुभवों से दूर रह जाएँगे। जीवन में मिलने वाला एक कष्ट हमें आने वाले अनेक कष्टों से निपटने का हुनर सिखा जाता है। एक पुरानी कहानी है–

एक बार एक किसान ईश्वर से नाराज हो गया। वह बड़ी मेहनत से बीज उगाता लेकिन कभी बाढ़ आ जाती, कभी सूखा पड़ जाता, तो कभी ओले पड़ जाते और हर बार किसी न किसी कारण से उसकी फसल थोड़ी-बहुत नष्ट हो जाती। वह अपने परिश्रम का पूरा आनंद चाहता था लेकिन अपनी कुछ फसल इन प्राकृतिक आपदाओं के चलते नष्ट हो जाने के कारण उदास हो जाता। एक दिन तंग आकर उसने ईश्वर से नाराजगी जताई और कहा–"प्रभु! आप पूरे संसार के कर्ता-धर्ता हैं लेकिन आप मेरे कष्ट से नावाकिफ हैं। मैं पूरे साल इतनी मेहनत करता हूँ लेकिन आपके कारण मेरी थोड़ी फसल बर्बाद हो ही जाती है। मैं चाहता हूँ कि इस बार आप मेरी जगह फसल उगाएँ और मैं आपकी जगह प्रकृति पर नियंत्रण रखूँ। आपसे प्रार्थना है कि इस साल आप मुझे मौका दीजिए, जैसा मैं चाहूँ, वैसा ही मौसम। मैं अन्न के भंडार भर

दूँगा।" ईश्वर मुस्कराए और उसकी बात मान ली। ईश्वर ने किसान के खेत में गेहूँ की फसल बोई। किसान यह देखकर बड़ा प्रसन्न हुआ और उसने जब धूप चाही तब धूप की, जब पानी चाहा तब पानी बरसाया। पूरे वर्ष उसने अपने खेतों तक ओले, सूखा, बाढ़ कुछ भी नहीं आने दिया। समय के साथ फसल बढ़ी और किसान की खुशी भी क्योंकि ऐसी फसल तो आज तक नहीं हुई थी। किसान मन ही मन खुश हुआ कि अब पता चलेगा ईश्वर को कि कैसे दुनिया चलाई जाती है। अब ईश्वर ने उसकी फसल काट के रखी तो वह अनाज की मोटी-मोटी बालियाँ देखकर बड़ा खुश हुआ। लेकिन उसने जैसे ही हाथ लगाया वह हैरान और परेशान हो गया क्योंकि गेहूँ की एक भी बाली के अंदर गेहूँ का दाना नहीं था, सारी बालियाँ अंदर से खाली थीं। उसने दुखी होकर परमात्मा से पूछा–"प्रभु ये कैसे हुआ?" तब परमात्मा बोले–"मैंने तो अपना सारा काम मेहनत से किया लेकिन तुमने ही चूक कर दी। फिर ये तो होना ही था, तुमने पौधों को संघर्ष का जरा सा भी मौका नहीं दिया। न उन्हें तेज बरसात को सहने की चुनौती मिली, न आँधी से जूझने का मौका। तुमने उन्हें ओलों के बीच खड़े रहना भी नहीं सिखाया इसीलिए सब के सब पौधे भीतर से खोखले रह गए। पौधा आँधी, बारिश, ओलों के बीच अपने अस्तित्व को बचाने के लिए संघर्ष करता है और खड़ा रहना सीखता है। यही संघर्ष उसे शक्ति देता है, उसमें जीवन भरता है।"

इसी तरह यदि हमारी जिंदगी में भी संघर्ष, विपत्ति और चुनौती न हों तो हम भीतर से अनुभवहीन और खोखले से ही रह जाएँगे। यदि अपनी जिंदगी को सफल, समृद्ध और दूसरों के लिए प्रेरक बनाना है तो संघर्ष और चुनौतियों का सामना करना ही पड़ेगा।

इस प्रसंग से यह सीख मिलती है कि जीवन संघर्ष का ही नाम है। बिना संघर्ष किए कुछ भी हासिल नहीं किया जा सकता। जीवन में मिलने वाले कष्ट और पराजय दुखी होने और रुकने का नहीं वरन् लगातार आगे बढ़ते रहने का संदेश देते हैं।

सजगता का होना अति आवश्यक

इंसान में सजगता का होना अति आवश्यक है। सजगता माने सदैव अलर्ट रहना। जब तक मनुष्य के भीतर सतर्कता नहीं जागती तब तक उसके जीवन के कोई मायने नहीं हैं। सतर्क व्यक्ति हर लक्ष्य प्राप्त कर सकता है और ईश्वर तक के करीब पहुँच सकता है। अपने टारगेट्स को लेकर चौकन्ना या सतर्क रहने वाला व्यक्ति पूरी चैतन्यता के साथ उससे जुड़ जाता है। उसकी समस्त मानसिक शक्ति और शारीरिक ऊर्जा अपने लक्ष्य को पाने में लग जाती है जबकि जो लोग लापरवाह या आरामतलब होते हैं, वे हर परिस्थिति को बड़े ही सहज तरीके से ले लेते हैं। नतीजा ये होता है कि लक्ष्य-प्राप्ति की ओर उनकी रफ्तार में बाधा पहुँचती है।

इस बात को और बेहतर तरीके से समझाने के लिए एक रोचक जानकारी साझा करना चाहूँगी—तलवारबाजी के लिए बेहद सतर्कता की आवश्यकता होती है। जो इंसान बेहद चौकन्ना होता है वही इस विद्या को सीख सकता है। जापान के कई स्कूलों में तलवारबाजी सिखाई जाती है और उन स्कूलों के बोर्ड में लिखा होता है—'हाउस ऑफ गॉड'। इस संदर्भ में ओशो एक रोचक कहानी कहते हैं—एक बार एक शिष्य तलवार सीखने के उद्देश्य से गुरु के आश्रम में पहुँचा। गुरु ने पूछा—"क्या तुम लंबे समय तक यहाँ रह सकते हो क्योंकि तलवार चलाना सीखने में कई वर्ष भी लग सकते हैं। कुछ लोग तो इस कला को कुछ ही समय में सीख जाते हैं और कुछ लोग जीवन भर नहीं सीख पाते। इसे सीखने के लिए बेहद सजगता की आवश्यकता होती है।" शिष्य ने रुकने की हामी भर दी। जब उस शिष्य को आश्रम में रहते हुए करीब साल भर बीत गया तो उसने गुरु जी से कहा—"कृपया, अब मुझे भी यह विद्या सिखाइए।" गुरु ने कहा—"नहीं, अभी तुम आश्रम की सेवा,

साफ-सफाई आदि का काम करो। सही वक्त आने पर सिखाऊँगा।" ये सब काम करते हुए उसे फिर साल भर हो गए और उसने फिर प्रार्थना की। एक दिन की बात है वो किसी काम में तल्लीन था, और गुरु ने पीछे से लकड़ी की तलवार से वार कर दिया। वह चौंक पड़ा। अब ऐसा नियमित होने लगा। वह किसी काम में डूबा होता, सो रहा होता, भोजन कर रहा होता और गुरु अचानक से वार कर देते। वह घबरा उठा। अब वह सदैव ही सतर्क रहने लगा। उसकी उठने, बैठने, लेटने आदि की मुद्राएँ भी उसकी सतर्कता का परिचय देने लगीं। अब गुरु जैसे ही वार करते, वह चौकन्ना हो जाता और हाथ से बचाव कर लेता। उसने भी गुरु से तलवार माँगी और सिखाने की विनती की लेकिन गुरु ने इस बार भी इनकार कर दिया। एक रात वह उठा और उसने नींद में डूबे गुरु के ऊपर तलवार तान दी। वह वार करने ही वाला था कि गुरु ने अपनी आँखें खोले बिना ही उसे रुकने का आदेश दिया। वह हैरान रह गया। उसने पूछा-"आपकी आँखें तो बंद थीं फिर आपको मेरे वार करने का पता कैसे चला!" गुरु ने समझाया-"यह सतर्कता की वह स्थिति है जब दूसरों की पदचाप, मन की गति और विचारों की आवाज भी सुनाई देने लगती है। जिस दिन तुमने ऐसी स्थिति प्राप्त कर ली समझो तलवारबाजी का असली ज्ञान प्राप्त कर लिया।"

इसी प्रकार की चैतन्यता से अपने लक्ष्यों को हासिल किया जा सकता है। और तो और, ईश्वर को प्राप्त करने में भी यही चैतन्यता आवश्यक होती है। जब मनुष्य सोते-जागते, उठते-बैठते प्रत्येक कार्य करते अपने लक्ष्य से जुड़ा रहता है और उसकी समस्त चेतना उसी में लगी रहती है, तभी उसे सफलता की प्राप्ति हो पाती है।

इस प्रसंग से यह सीख मिलती है कि जीवन में सतर्कता अति आवश्यक है। सतर्क व्यक्ति ही लक्ष्य प्राप्त कर सकता है अतः हमें अपने हर कार्य के प्रति सचेत रहना चाहिए ...अलर्ट रहना चाहिए।

खुद को बुराइयों से दूर रखें

मनुष्य अपने जीवन में बड़ी-बड़ी उपलब्धियाँ हासिल करता है किंतु अकसर उसकी कुछ कमजोरियाँ ही इतनी हावी हो जाती हैं कि उसके पूरे वजूद को समाप्त कर देने के लिए काफी होती हैं। इसीलिए मनुष्य को पतन से बचने के लिए दुर्गुणों से बचकर रहना चाहिए। दुर्गुण नाव में हुए उस छेद के समान है जो उसे डुबोकर ही रहता है। जिस प्रकार बड़ी से बड़ी नौका एक छोटे से छेद के कारण डूब जाती है उसी प्रकार से बड़े से बड़ा विद्वान् या महान् इंसान भी एक ही बुराई के चलते खुद को अपमानित होने से नहीं बचा सकता। बच्चे हों या युवा, सभी को चाहिए कि वो खुद को बुराइयों से दूर रखें। छोटी-छोटी बुराइयाँ उन्हें किसी से भी दूर कर सकती हैं। अपने परिश्रम के द्वारा अपना विशिष्ट स्थान बनाने में अथक मेहनत करनी पड़ती है जब कि एक छोटा सा दुर्गुण भी उस विशिष्ट स्थान को मिटाने के लिए पर्याप्त है।

एक बार वर्धमान महावीर से उनके शिष्य ने प्रश्न किया—"गुरुदेव! मनुष्य के पतन का क्या कारण है और उससे बचने के लिए क्या किया जाना चाहिए?"

महावीर बोले—"यदि कोई कमंडलु भारी हो और उसमें काफी ज्यादा मात्रा में पानी भी आ जाता हो लेकिन फिर भी वो खाली ही पानी में छोड़ दिया जाए तो क्या डूबेगा?"

शिष्य ने उत्तर दिया—"नहीं गुरुदेव, कमंडलु कितना ही बड़ा या भारी हो किंतु यदि वह खाली है तो कभी भी पानी में नहीं डूबेगा।"

महावीर ने फिर पूछा—"...और यदि उस कमंडलु के दाईं तरफ छेद हो जाए तो क्या वह तब भी यूँ ही तैरता रहेगा?"

"नहीं, तब तो वह डूब जाएगा।"

"यदि बाईं तरफ छेद हो जाए तो?"

"गुरुदेव! छेद चाहे दाईं तरफ हो या बाईं तरफ...दोनों ही दशाओं में वह कमंडलु पानी में डूब जाएगा।"

"मनुष्य का जीवन भी इसी कमंडलु के समान है। इसमें यदि कोई भी दुर्गुणरूपी छेद हुआ तो यह पूरे के पूरे व्यक्तित्व को ही ले डूबेगा। क्रोध, लालच, मोह, अहंकार आदि सभी ऐसे ही अवगुण हैं जो मनुष्य के अस्तित्व को समाप्त कर देते हैं। इसीलिए हमें हमेशा ध्यान रखना चाहिए कि कभी भी हमारे भीतर इस प्रकार के अवगुण अपनी जगह न बना पाएँ।"

इसी प्रकार से हमारा जीवनरूपी कमंडलु अनमोल है, हमें इसकी खूब साज-सँभाल करनी चाहिए। जीवनरूपी ये कमंडलु चाहे छोटा हो या बड़ा, हरसंभव कोशिश करनी चाहिए कि यह छिद्रों अर्थात् बुराइयों से बचा रहे ताकि हमारी प्रतिष्ठा कभी भी डूबने न पाए।

इस प्रसंग से यह सीख मिलती है कि मनुष्य-जीवन बहुत अनमोल है। अपने समाज और राष्ट्र के लिए हमें बड़े-बड़े काम करने चाहिए और अपने जीवन की हर बुराई से सँभाल करनी चाहिए क्योंकि हम स्वयं में अनूठे और अनुपम हैं।

पानी की तरह सरल बन जाओ

मनुष्य का जीवन अनेक विरोधाभासों से भरा हुआ है। कभी ढेर भर खुशियों से सामना होता है तो कभी अनेक दुःखों से जूझना पड़ता है। कभी तकलीफें आकर घेर लेती हैं तो कभी सफलताएँ आकर झूमने लगती हैं। मनुष्य इन सभी भावों के बीच अपना जीवन गुजार देता है। मनुष्य अपनी पूरी जिंदगी इन्हीं सुख और दुःख के झूलों की पेंगें लेता रहता है और आखिर में इस संसार से विदा हो जाता है।

जीवन को संपूर्णता के साथ जीना बहुत महत्त्वपूर्ण है। हमें यह समझना होगा कि सुख और दुःख जीवन के सतत प्रवाह हैं। ये दोनों मिलकर ही जीवन को गति प्रदान करते हैं। एक के बिना दूसरे का आनंद ही नहीं है। जब दुःख आ घेरें तो सब्र के साथ सुखों के आने की प्रतीक्षा करनी चाहिए और दुःख के दिनों में कुछ इस तरह की दिनचर्या बना लेनी चाहिए कि वे दिन भी प्रेरक बन जाएँ। रो-रोकर सुखों की फरियाद करना समाधान नहीं है। इसी प्रकार से यदि सुख और प्रसन्नता की घड़ियाँ जीवन में उल्लास दे रही हों तो कभी भी अहंकार नहीं करना चाहिए। हमेशा स्मरण रखना चाहिए कि जिस प्रकार दुःख के दिन सदैव नहीं रहते उसी प्रकार ये सुख के दिन भी अल्पकालीन ही हैं। अतः इन दिनों में महत्त्वपूर्ण काम कर लिए जाएँ। जीवन में सुख और दुःख का क्रम निरंतर चलने वाली प्रक्रिया है जिसे हर प्राणी महसूस करता है।

एक वाकया है–

एक बार नदी के किनारे एक युवक बहुत ही उदास बैठा हुआ था। वह सूनी-सूनी आँखों से दूर क्षितिज को देखे जा रहा था और पास पड़े कंकड़ों को उठा-उठाकर नदी में डाल रहा था। उसकी इस दशा को देखकर कोई भी अनुमान लगा सकता था कि वह बेहद हताश है और

किसी घोर चिंता या कष्ट से घिरा उससे जूझ रहा है। पास ही बैठे एक सज्जन उसे काफी देर से देख रहे थे और उसकी मनोदशा को भाँप रहे थे। वे उस युवक के पास आकर बैठ गए और बड़े ही स्नेह से पूछने लगे–"बेटा! मैं तुम्हें काफी देर से देख रहा हूँ, शायद कोई समस्या तुम्हें बहुत अधिक परेशान कर रही है। यदि तुम चाहो तो मेरे साथ अपना दुःख साझा कर सकते हो।" युवक ने उन सज्जन की प्रेमपूर्ण और आत्मीय आवाज को सुनकर अपना दुःख कह सुनाया। सज्जन युवक के दुःख से भावुक हो उठे...फिर उन्होंने उससे कहा–"बेटा! एक बार फिर एक कंकर उठाओ और पानी में डालो।" युवक ने ऐसा ही किया, एक बड़ा मिट्टी का ढेला उठाया और नदी की ओर उछाल दिया। अब उन सज्जन ने उसके कंधे पर हाथ रखते हुए समझाया–"देखो बेटा! हमारा जीवन भी इस नदी की तरह ही है। इसमें सुख और दुःख के कंकर निरंतर आ-आकर गिरते रहते हैं। कुछ देर के लिए हम प्रभावित भी होते हैं जो कि स्वाभाविक है। किंतु हमें फिर से पूर्ववत् होना ही पड़ता है। ...और एक बात, बेटा! ध्यान से देखो, जब भी कोई कंकर पानी में पड़ता है तो पानी अपनी सतह से और ऊपर उठ जाता है। तुम भी अपने जीवन को पानी के जैसा सरल बना लो। जब भी सुखरूपी कंकर आए तो अपने कर्मों को उच्च बना लो और जीवन में महत्त्वपूर्ण काम करो और जब भी दुःखरूपी कंकर आए तो सोच को विस्तार दे डालो। दुःख के दिनों में भी आने वाले दिनों के लिए योजनाएँ बनाओ। दुखी और हताश होने की बजाय अपने मनोबल को पानी के उछाल के समान ऊपर उठाओ और नए-नए प्रयासों में जुट जाओ। धीरे-धीरे ये दिन भी समाप्त हो जाएँगे।"

इस प्रसंग से यह सीख मिलती है कि सुख और दुःख जीवन के दो अंग हैं इसलिए जीवन को संपूर्णता के साथ जीना बहुत महत्त्वपूर्ण है। जिस प्रकार सुख के दिन सदैव नहीं रहते उसी प्रकार ये दुःख के दिन भी अल्पकालीन ही होते हैं।

सुख और दुःख

सुख और दुःख मानव मन की अनुभूतियाँ हैं। जो व्यक्ति हर हाल में प्रसन्न रहता है, वो विकट से विकट परिस्थितियों में भी अपना बर्ताव नहीं बदलता और सुखी रहता है जब कि जो व्यक्ति सदैव दुखी और नाखुश रहता है वो हर जगह दुःख का ही अनुभव करता है। सुखी व्यक्ति अपने इर्द-गिर्द अपने स्वभावानुसार वातावरण का निर्माण कर लेता है और इसी के विपरीत नाखुश व्यक्ति हँसते-खेलते वातावरण में भी प्रसन्न नहीं रह पाता।

हमारी दादी एक पुरानी कथा सुनाया करती थीं–

एक बार की बात है, दो दोस्त थे। दोनों ही बड़े मेहनती थे और दोनों की मित्रता भी खूब गहरी थी। लेकिन दोनों का स्वभाव बिलकुल विपरीत था। पहला मित्र जितना हँसमुख और सकारात्मक सोच का धनी था दूसरा उतना ही दुखी और नकारात्मक सोच वाला। किंतु यह मित्रता दोनों के जीवन में तालमेल बनाए रखती। सकारात्मक सोच वाला अपने मित्र को हर काम के लिए प्रोत्साहित करता रहता और नकारात्मक सोच वाला अपने मित्र को किसी भी काम को शुरू करने से पहले खतरों से अवगत कराकर सावधान किए रहता। किंतु वे अपने-अपने स्वभाव को कभी भी बदल नहीं पाए। एक का हँसमुख स्वभाव उसे हर हाल में खुश रखता तो दूसरे का दुखी स्वभाव उसे गंभीर और दुखी ही बनाए रहता। समय के साथ-साथ दोनों ने अपना परिवार बसाया। अब दोनों मित्रों की प्राथमिकताएँ और जिम्मेदारियाँ बढ़ चुकी थीं लेकिन अब भी सुखी स्वभाव वाला संतुष्ट नजर आता जब कि दुखी प्रवृत्ति वाला उदास ही रहता। इस प्रकार साल दर साल गुजरते गए। दोनों को पत्नी

और बच्चों का सुख मिला। दोनों ने अपने-अपने व्यवसाय में तरक्की की, सफल जीवन बिताया। ...और जब जीवन की संध्या आई तब भी उनका स्वभाव उसी प्रकार ही रहा और नतीजा यही हुआ कि एक मित्र तो हर हाल में जीवन को खुलकर और भरपूर जीता रहा जब कि दूसरा मित्र अब तक अपने जीवन से असंतुष्ट ही रहा और हर बात पर मीन-मेख करता रहा।

इसी प्रकार से हम सभी भी अपने-अपने जीवन की खुशियों और दुःख के लिए खुद ही उत्तरदायी होते हैं। ऐसा कभी नहीं होता कि किसी एक व्यक्ति को सुख ही सुख मिल जाएँ और दूसरे को दुःख के सिवाय कुछ न मिले। ...लेकिन हम अपने स्वभाव के अनुसार अपने सुख-दुःख को कम या ज्यादा करके अनुभव करते हैं। हम हमेशा यही सोचते हैं कि नियति ने हमारे साथ ही छल किया है। उसने दुनिया-जहान के दुःख हमारी ही झोली में डाल दिए हैं। जब कि ऐसा नहीं है। ...बस! जरूरत है अपने नजरिए को बदलने की। जिंदगी हम सभी को पूरी रंगीनियत के साथ मिली है। हमें चाहिए कि इसके सुर्ख रंगों को सब ओर बिखरा दें और स्याह रंगों से आउटलाइन कर लें।

इस प्रसंग से यह सीख मिलती है कि खुशहाल जीवन जीने का सबसे बेहतरीन तरीका यही है कि अपने दृष्टिकोण को ही बदल डाला जाए। जो चीजें दुखदायी हों उन्हें कम करके आँका जाए और जो चीजें सुख देती हों उन्हें और विस्तार दे दिया जाए।

आत्मनिर्भर बनें

स्वावलंबन अर्थात् आत्मनिर्भरता। आत्मनिर्भरता जीवन का सबसे सुंदर ध्येय है। इस संसार में आने के बाद से ही बालक स्वावलंबी बनने की चेष्टा शुरू कर देता है। उसके जीवन में आने वाला हर व्यक्ति, हर घटना उसे आत्मनिर्भर बनने के लिए प्रेरित करती है। छोटे बालक की माँ उसे अपने स्नेह की भरपूर छाया तो देती ही है किंतु धीरे-धीरे अपने काम खुद करने के लिए भी प्रेरित करती है। बड़े होने पर घर के अन्य सदस्य और स्कूल के सहपाठी व शिक्षक भी आत्मनिर्भर बनने की ही सीख देते हैं। शिक्षा का उद्देश्य भी आत्मनिर्भर बनना ही है। मात्र किताबी ज्ञान ले लेने से या अच्छे अंक हासिल कर लेने से न तो आत्मनिर्भरता आती है और न ही व्यक्तित्व का विकास होता है। मनुष्य को स्वजीवी होना चाहिए। परजीवी होने से जीवन अवरुद्ध हो जाता है। अधिक रुपया-पैसा जीवन के सभी सुख दिला सकता है किंतु जरा भी विपरीत हालात हो जाने पर उनसे निबटने का हौसला नहीं दिला सकता। ऐसे में अपना हुनर ही काम आता है। अकसर जीवन में ऐसी परिस्थितियाँ आ जाती हैं जब कोई भी सेवक हमारे काम करने के लिए हमारे पास नहीं होता, ऐसे में आत्मनिर्भर मनुष्य स्वयं ही अपने काम बड़ी आसानी से कर लेता है।

एक वाकया है-

कलकत्ता के रेलवे स्टेशन पर एक नवयुवक गाड़ी से उतरते ही 'कुली कुली' चिल्लाने लगा। हालाँकि उसके पास ज्यादा सामान नहीं था। जितना भी सामान था, उसे वह खुद भी ढो सकता था। किंतु अपना

सामान उठाना उसकी आदत में शुमार न रहा होगा। एक सज्जन जो सादी वेशभूषा में थे, उसके पास आए और बोले—"तुम्हें कहाँ जाना है? मैं ले चलता हूँ।" वह नवयुवक किसी अन्य शहर से वहाँ पढ़ने के लिए आया था। उसने जगह का नाम बताया। वे उस युवक को सामान के साथ उस संस्थान में ले गए, जहाँ उसे जाना था। जब वे सज्जन सामान रखकर जाने लगे तो उस युवक ने उन्हें इनाम देना चाहा किंतु उन सज्जन व्यक्ति ने इनाम लेने से मना कर दिया। फिर बोले—"तुम वादा करो कि भविष्य में अपना काम खुद करोगे, बस यही मेरा इनाम है।" इतना कहकर वह सज्जन चले गए। अगले रोज वह विद्यार्थी विद्यालय पहुँचा तो उसने देखा कि वे सज्जन जो कल उसका सामान उठाकर लाए थे, प्रधानाचार्य की कुर्सी पर विराजमान हैं। युवक उन्हें देखकर शर्मिंदा हो उठा। उसने उनसे माफी माँगी और हमेशा अपना काम खुद करने का वादा किया। वे सज्जन प्रख्यात विद्वान् डॉ. ईश्वरचंद विद्यासागर थे।

इसी प्रकार हम सभी को अपने काम स्वयं करने चाहिए। यदि हम अपने काम खुद करेंगे तो हमारी आने वाली पीढ़ी भी हमें देखकर स्वावलंबन का पाठ सीखेगी। धन से वस्तुएँ तो खरीदी जा सकती हैं किंतु किसी की निष्ठा, स्नेह या भावनाएँ नहीं खरीदी जा सकतीं। इसलिए यह सोचना कि 'हमारे पास बहुत धन है अत: हमें कोई कार्य सीखने की या करने की क्या आवश्यकता है' गलत है। आत्मनिर्भरता वो सबसे बड़ा धन है जो हर परिस्थिति के काम आता है।

इस प्रसंग से यह सीख मिलती है कि मनुष्य को स्वावलंबी बनना चाहिए। धन हर चीज का समाधान नहीं होता बल्कि अपनी काबिलीयत और अपनी आत्मनिर्भरता ही शक्ति का कार्य करती हैं।

देना भी सीखें

भारतीय संस्कृति शुद्ध सात्त्विक संस्कृति है। हमारी संस्कृति में किसी भी कार्य से पूर्व धार्मिक अनुष्ठानों का विशेष महत्त्व है। दैनिक जीवन से लेकर व्यावहारिक और व्यावसायिक जीवन तक सभी कुछ धर्म से जुड़ा रहता है। धार्मिक गतिविधियों में विभिन्न प्रकार के तीर्थ, जप-तप, अनुष्ठान, सत्संग-कीर्तन आदि प्रचलित हैं। इन्हीं में से एक और कर्म है–दान। वैदिक संस्कृति से ही दान को विशेष महत्त्व दिया गया है। दान का अर्थ है–'त्याग'। गोपालकृष्ण गोखले का कहना था–'त्याग नेक जीवन का सिद्धांत है और लोग संसार में जो कुछ भी प्राप्त करते हैं, उससे महान् नहीं बनते बल्कि वे जो कुछ त्यागते हैं, उससे महान् बनते हैं।'

त्याग और दान दोनों ही शाब्दिक अर्थों के अनुसार एक-दूसरे के प्रतिरूप ही हैं। अतः दोनों का एक ही अर्थ है। त्याग अर्थात् त्यागना और बलिदान मतलब देना। चाहे हम अपनी कोई वस्तु, कामना, विकार आदि का त्याग करें या अपनी किसी वस्तु, ज्ञान, क्षमता का दान कर दें–दोनों ही स्थितियाँ देना ही कहलाएँगी। दान देना तो आसान है किंतु किसे दिया जाए, ये जानना बेहद आवश्यक है। दान सदैव सुपात्र को ही देना चाहिए। हमारे समाज में दान को बड़े ही स्थूल अर्थों में ले लिया जाता है। अपनी हैसियत के अनुसार भोजन या वस्तुएँ बाँट देना दान नहीं कहलाता। ऐसा दान सिर्फ अहं को तुष्ट करता है, परमार्थ का रास्ता नहीं बनाता। दान विवेकपूर्ण होना चाहिए और हमेशा उसे ही देना चाहिए जिसे सचमुच उसकी आवश्यकता हो। बिना विवेक के किया गया दान भीख कहलाती है। यही कारण है कि हमारे समाज में इस

भिक्षावृत्ति का बड़ा ही घृणास्पद रूप देखने को मिलता है। यह कई शारीरिक रूप से सक्षम लोगों को भी अकर्मण्यता के मार्ग पर ढकेल देता है। भीख को आजीविका का सबसे सुगम साधन मानने वाले हट्टे-कट्टे भिक्षार्थी दान पाने के योग्य नहीं माने जा सकते। अंध-धार्मिकता और अति-भावुकता ने ही उन्हें नाकारा बना दिया है। वे अपना पेट पालने के लिए अंधविश्वासी भक्तों और विवेकहीन दानियों को मूर्ख बनाने का धंधा करते हैं। 'दान' की यह परंपरा समाज के लिए बहुत ही घातक है। इसके प्रति हम सभी को जागरूक होना पड़ेगा।

दान देने के कई सार्थक तरीके भी हो सकते हैं। किसी निर्धन परिवार के बच्चों की जिम्मेदारी उठाना, शिक्षा का प्रबंध करके उनका भविष्य सँवारना, किसी अनाथ का सहारा बनकर उसकी आर्थिक मदद करना, बेसहारा-बीमार या अपाहिजों की मदद करना, गरीब बच्चियों का विवाह करवाना आदि ऐसे अनेक उदाहरण हैं जिन्हें अपनाकर 'दान' की परंपरा को सार्थक बनाया जा सकता है। इस प्रकार यदि हम अपने आसपास निगाह दौड़ाएँ तो हमें अनेक जरूरतमंद मिल जाएँगे जिन्हें वास्तव में मदद की आवश्यकता है।

यदि हमारा पेट अच्छी तरह से भरा हो तो ओवर ईटिंग की कतई आवश्यकता नहीं है। अपने अर्थकोष और ज्ञानकोष से कुछ दान करने के बाद हमें जिस आत्मिक संतुष्टि की प्राप्ति होगी, उसे शब्दों में नहीं लिखा जा सकता। वैसे भी हम अपने साथ कुछ भी नहीं लाए थे और न ही कुछ साथ लेकर जाने वाले हैं तो क्यों न इसी संसार से ली गई वस्तुओं को इसी के जीवों को दान करके 'देने का सुख' भी प्राप्त किया जाए।

इस प्रसंग से यह सीख मिलती है कि हमें दान करना भी सीखना चाहिए। अपनी आवश्यकता लायक अर्जन करने के उपरांत दान देना सर्वहिताय तो होता ही है साथ ही साथ मन को भी संतुष्टि प्रदान करता है।

❑❑